严酷地带

查尔斯·西密克诗选

[美] 查尔斯·西密克 著

杨 子 著

华东师范大学出版社

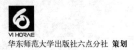

华东师范大学出版社六点分社 策划

目　录

选自《标准交谊舞》(1980)

选自《停不下来的布鲁斯》(1986)

选自《神魔书》（1990）

选自《午夜郊游》(2001)

来自贝尔格莱德的美国桂冠诗人

——《严酷地带——查尔斯·西密克诗选》译序

西密克十六岁抵达美国时，他在巴黎夜校学到的那点可怜的英语让他显得像个乡巴佬。他为自己的口音感到羞愧，甚至把自己的斯拉夫重音写进诗里，说的是他在纽约一个雨夜吟诵雪莱诗篇的往事。早年写诗的时候，母语会冷不丁跳出来跟他捣乱，但他从未考虑用塞尔维亚语创作。

半个多世纪过去，他已完全融入美国：早年他混迹于纽约边缘地带，打过各种各样的短工，见识了底层各色人等和种种奇观；他把童年时代在南斯拉夫培养的对爵士乐的热爱带到爵士乐的故乡；他去听美国诗人朗诵，他在纽约大学读书，他作为美国部队警员去欧洲服役。后来他在美国的大学里讲授英文写作；在爱默生、梭罗和弗罗斯特的新英格兰生活得足够长久以后，他发现窗外一草一木，与弗罗斯特诗歌中的情景一模一样，验证了伟大诗歌的神奇；他与当代美国重要诗人查尔斯·赖特和马克·斯特兰德成为亲密朋友；他用英语写作并且将东欧诗人和法国诗人的作品翻译为英语；他的作品频频获奖，被翻译成世界多国语言；2007 年 8 月，他接替唐纳德·霍尔，当选第十五任桂冠诗人，这是美国诗人的至高荣耀。

他是美国诗人中的异类，虽然他从美国诗歌中汲取了诸多养分。很多时候，他和大多数美国诗人的区别一眼即可认出。某种程度上，他的作品有着根深蒂固的东欧烙印，但他的胜出绝非依赖于民族色彩和残酷的历史元素。如果他没有随身携带一个里边藏着取之不尽的神奇故事的箱子，如果他没有以惊人的技艺在他的诗篇中质询人是什么、人的命运是什么、可见可触摸的事物中隐含着怎样的神秘，如果他没有深刻触及人的奥秘、事物的奥秘、历史的奥秘，如果他没有淋漓尽致地表达肉身和内心的恐惧，有形的威胁和无形的惊悚——沉积在血液中的惊悚——这几乎是二十世纪各门类艺术的集体经验，如果他不是在别具一格的抒情/反抒情和令人倒吸一口冷气的景观中从容穿行，他不会赢得如此广泛的赞誉。

通常，人们更多地看见他苦难的童年，很多采访他的人都会问到他三岁时被落在隔壁的炸弹从床上掀到地上的往事。他承认童年、二战以及背井离乡的决定性影响，他的一部分名作，写的就是那些斧凿般难以抹去的往事。

我听人说过可又不信

那年夏天我亲眼目睹

男人们吊死在电线杆上。

我记得母亲

死死蒙住我眼睛。

她有办法猛地把我脑袋

藏到她大衣下边。

——《天才》

接受采访时，他说："我用了多年时间，多次与来自贝尔格莱德的童年时代朋友聚会，这才认识到，我是在屠场里长大的。我们不仅仅是被占领，同时还有一场由大量派系纷争引发的内战。流在街头的血并非言辞描绘的图像，而是我日复一日亲睹的真血。这一切无疑大大地影响到我对于生命的看法。无辜的人类惨遭屠戮——这就是我人生最早的一课。无论何时我读到一场'正义战争'，其中千千万万无辜者被杀害或将被杀害，我都恨不得从我的躯壳里逃出去。"①

1938 年 5 月 9 日，查尔斯·西密克出生于南斯拉夫贝尔格莱德。西密克的父亲乔治·西密克出身于蓝领家庭，是家里第一个上大学的孩子。母亲海伦出自一个古老的贝尔格莱德家族，该家族在十九世纪晚期非常富裕，但后来失去一切——西密克那位好赌的外祖父把家里的财富败得精光。

二战期间，西密克的父亲数次被捕，1944 年逃亡到意大利，再次被捕入狱。战争结束后在的里雅斯特待了五年，随后去了美国。

战后，西密克的母亲为离开南斯拉夫想尽办法，1953 年总算拿到护照。由于担心护照作废，她带着两个儿子连夜上了开往巴黎的火车。在巴黎，他们受到有关部门百般刁难，费了九牛二虎之力在 1954 年拿到签证，前往美国。

多年后，马克·福特采访西密克时问他，"到达法国后，你们被法国当局归为'背井离乡者'。背井离乡、灭绝、流

---

① 《巴黎评论》官网"诗艺"第 90 期，访谈者马克·福特（http://www.theparisreview.org/interviews/5507/the-art-of-poetry-no-90-charles-simic）。

亡和无家可归是你诗歌中持续的主题。是否正是在巴黎你最强烈地感觉到，你们无家可归?"

> 对。我想是这样的。我喜欢法国人，但他们巴不得我们丢脸。我们不得不一次次换许可证，不得不花几小时排长队，就为了听他们告诉我们，某份记录不见了，比如我曾祖母的出生证，我们立即从南斯拉夫开出证明，等开好了，他们又说不需要。我们在巴黎停留一年，住在旅馆的一间小房子里，靠我父亲从美国寄来的钱维持。[①]

西密克告诉另一位采访者布鲁斯·韦格尔:

> 对西方的马克思主义来说，我们是叛徒。他们当时正在东欧的土地上建造天堂，而我们不想与之发生任何关系，因此立即成了无家可归的人，依赖救济的人，长相不同的人，等等。"我们下一步移民到哪里去?"我父亲曾经这样问我。他只是在半开玩笑。生活是无法预测的。任何事情都可能发生。那即是我的诗歌的历史和自传性背景。[②]

[①] 《巴黎评论》官网"诗艺"第 90 期，访谈者马克·福特 (http://www.theparisreview.org/interviews/5507/the-art-of-poetry-no-90-charles-simic)。

[②] 王伟庆译《查尔斯·西密克访谈录》(《外国文学》1996 年第 4 期，原载《美国诗歌评论》1991 年第五期，访谈者布鲁斯·韦格尔，标题为《查尔斯·西密克:黑暗中的玄学家》)。

全家在纽约住了一年后迁居芝加哥橡树园，西密克在橡树园中学读完了高中（海明威就是从这所高中毕业）。家里没钱，他只好一边在芝加哥太阳时报做勤杂工，一边在芝加哥大学读书。1958年他回到纽约，白天打工，晚上写诗，处女作发表于1959年，那年他21岁。

他并不忌讳向人谈起自己的学徒期。早年，他痴迷于哈特·克兰的晦涩，写了很多模仿克兰的作品。他发现这些作品连自己都不懂，就把它们销毁了。

另一次销毁是在处女作发表两年之后。

我在1961年应征入伍，去了法国。大约一年以后，我收到我兄弟寄给我的一个鞋盒子，里边全是我的诗。鞋盒子寄到的时候，我把那些诗通读了一遍，它们让我感到虚伪。这些诗是派生出来的，那么差，全是错误；我一生中从未感到如此羞愧。我冲出营房，跑进黑夜，把诗稿通通撕掉，扔到垃圾堆里。[1]

1967年，西密克的第一部诗集《草儿说了什么》由旧金山一家名叫Kayak的小出版社出版。书做得业余，难看。最初的兴奋很快过去，留下的只有沮丧。这部诗集由出版了艾伦·金斯堡名作《嚎叫》的城市之光发行，"似乎所有美国诗人都读了"，所有评论都是赞许。西密克一夜成名。随

①《巴黎评论》官网"诗艺"第90期，访谈者马克·福特（http://www.theparisreview.org/interviews/5507/the-art-of-poetry-no-90-charles-simic）。

后又在 Kayak 出版了第二部诗集《在某处，我们中间一块石头在做记录》。

他广泛阅读美国和欧洲的现代主义诗歌，庞德、艾略特、威廉斯、史蒂文斯、阿波利奈尔、布莱希特、里尔克……也从南美诗歌和中国古诗中汲取养分。

> 高中毕业后，我记得我得到了一本诗歌总集——我想那是《白马》。我现在还留着。是在芝加哥，一个炎热的八月的下午，我正在读这部基督诞生前五个世纪的诗集。读了一首，喜欢。上帝啊，多好的一首诗！然后一首一首读下去。……1959 年，我在这儿，在芝加哥读古代中国诗人。我爱这首诗，我不知道这位诗人是谁。我对中国或公元前七世纪或五世纪一无所知。我甚至不知道这首诗出自哪个世纪！当然，很多东西已经在翻译中丧失了——很明显——因为我对中国一无所知。我深受感动。我深深地爱上这些诗歌。某种事情出现了。某种事情发生了。这种事一而再再而三地发生。那种我们只能理解我们近邻的观念是愚蠢的。我读过挪威人的书，我读过斯里兰卡和天知道哪儿的作者写的书。这是非常美好的事情。[1]

> 我是一道大杂烩。我灵魂炖的是各种各样的原料。

---

[1] Artful Dodge 杂志官网《对话查尔斯·西密克》，对话时间为 1993 年 3 月 16 日。(http://artfuldodge.sites.wooster.edu/content/conversation-charles-simic)。

锅里面黑糊糊的。我看不清楚里面都是些什么，但我每天都把盘子舔干净。①

　　从二十世纪中期开始，庞德、艾略特、弗罗斯特和威廉斯之后的美国诗人很少不加盟某个流派。西密克初学写作阶段，诗歌流派已在美国遍地开花，每个流派都会推举自己的领袖，打出主张什么反对什么的旗帜。这种结盟在西密克看来有点像黑手党，而他不想加盟任何流派。这意味着，他不愿将自己禁锢在某种风格里，不愿屈服于某种趣味。太多影响穿过他，留存在他心中的部分熔为一种神奇的合金。

　　他热爱的美国诗人是迪金森、弗罗斯特和史蒂文斯，他推崇的南美诗人是聂鲁达和巴列霍——与今天的许多中国诗人何其相似！文学以外，他热爱的音乐和视觉艺术都对他的写作产生了影响。

　　他最初的梦想是当一名画家。十五岁时他画过后印象主义风格的画，后来模仿苏丁、弗拉芒克和德国表现主义。三十岁前后他成了抽象表现主义者，一会儿模仿德·孔宁，一会儿模仿古斯通。

　　美国爵士乐和布鲁斯是西密克灵感的一个重要源头。小时候，西密克从家里那台老式德国收音机上听到大乐队的作品，立刻爱上这种音乐。二战后，爵士乐被南斯拉夫政府视为资本主义世界发明出来毒害社会主义青年的颓废艺术，受

---

　　① 王伟庆译《查尔斯·西密克访谈录》(《外国文学》1996 年第 4 期，原载《美国诗歌评论》1991 年第五期，访谈者布鲁斯·韦格尔，标题为《查尔斯·西密克：黑暗中的玄学家》)。

到严厉禁止。"我翻译过其作品的一位诗人伊万·拉里克那会儿还是萨格勒布大学的一名在校生，这位学生党员就因为收听爵士乐被开除出党。"

到达纽约的第一天，西密克那位乐迷父亲就在深夜开车带他去听爵士乐。更多的时候他听收音机里的爵士乐。

> 我敢说我听过 1920 至 1960 年代所有的爵士乐录音。还有同样多的布鲁斯。[1]

> 爵士乐是我生命中最重要的事情。这是我听了四十多年的音乐。当你以漫长的光阴聚精会神于某事，你就会长学问，开始明白某些事情，某些困难的事情如何运行。而当你明白了困难的事情如何运行，你就熟稔了控制在艺术形式中意味着什么。[2]

在纽约的那些年，他住在离 Thelonious Monk 演出的 The Five Spot 很近的地方，听了大量 Thelonious Monk 的现场演出。

西密克发现他的故土与爵士乐和布鲁斯之间的一种联系，那就是小调音乐。"巴尔干音乐是小调音乐……我父亲……把世上的人分为两种，能听小调的人和没法听小调的

---

① 《巴黎评论》官网"诗艺"第 90 期，访谈者马克·福特（http: //www. theparisreview. org/interviews/5507/the-art-of-poetry-no-90-charles-simic）。

② Artful Dodge 杂志官网《对话查尔斯·西密克》，对话时间为1993 年 3 月 16 日。（http: //artfuldodge. sites. wooster. edu/content/con-versation-charles-simic）。

人。那是他反对德国人的真实理由，反倒不怎么因为他们入侵和轰炸我们，主要是因为他们无法欣赏美妙的马其顿歌曲和所有的穆斯林歌曲，它们都是小调的。我听到布鲁斯之所以立刻感到亲近，就因为那种小调。"①

西密克最关注的是爵士乐和布鲁斯"用短短几行承载一部复杂的人类戏剧"的绝技。这种高度压缩的技艺对西密克来说无疑是一种启示，这也正是我们面对西密克的一些短章，却像面对大部头小说的奥秘所在。他是精通减法的诗人，也是擅长在短小篇幅里营造时空的连绵感和极大张力的高手，"在我的书里，少即是多。我总是在删——也许删得太狠了。""我喜欢抒情诗的精炼，我又喜欢讲故事……我一向喜欢简洁。几个强烈的意象，然后结束。我已经从象征主义诗人和布鲁斯歌手那儿学会了很多。我的理想是用最少的文字表达一切。"

西密克的作品中，有不少都是"用最少的文字表达一切"，比如短短七行的《恐惧》：

不知不觉，恐惧从一个人跑到

另一个人那里，

当一片叶子将它的战栗

传给另一片。

刹那间整棵树战栗，

① Artful Dodge 杂志官网《对话查尔斯·西密克》，对话时间为1993 年 3 月 16 日。(http://artfuldodge.sites.wooster.edu/content/conversation-charles-simic)。

而风杳无痕迹。

《初小班学生》、《梦的王国》、《严酷地带》等，都是极简又饱含深意的作品。

现在让我们看看，将西密克与其他美国诗人区别开来的，到底是什么。毫无疑问，对于美国诗歌来说，他的作品有着一目了然的异质成分。最具西密克特色的就是诸多版本西密克诗选都将其定为开篇的《肉店》——它也是读者手中这部汉译西密克诗选的开卷之作。这是典型的"用最少的文字表达一切"的诗歌。

深夜里走路，有时
我会在一家打烊的肉店前站住。
店里亮着一盏灯
跟罪犯挖地洞的灯很像。

铁钩上挂着围裙：
上边的血迹把它涂成一张
血的大陆，血的大河
与海洋的地图。

几把刀像阴森森教堂里的
祭坛，闪着光
他们就是把瘸子和白痴带到那儿
治疗的。

砧板上边，骨头劈碎，

剔净——一条干涸见底的河流

就在那儿，我被喂养，

就在那儿，深深的夜里我听见一个声音。

"这是我完成的第一首我知道我还想这么写下去的诗歌。"西密克告诉马克·福特。这首诗（写于1963年）的重要性恰恰在于，它为西密克今后的诗歌定了音调，一种阴郁、恐怖、令人毛骨悚然的音调。这是一座标志性拱门，穿过这座拱门，我们进入西密克的王国。

当时我住在东十三大街。那会儿那个街区还有波兰人和意大利人开的肉店，里边惊心动魄地摆放着香肠、猪肘、宰杀的羊羔和小鸡。我这辈子但凡经过那样的肉店，没有一回不停下来凑近细看。当然，它让我想起欧洲，想起我的童年。我小时杀过鸡，看过人们切开猪的喉咙，把它宰掉。[1]

《肉店》与他模仿过的画家苏丁很可能有直接的关系。苏丁是屠宰场这一主题最有力的画家。

诗人深夜驻足于一家打烊的肉店外边，看见店里亮着一盏灯，看见铁钩上的血围裙，看见砧板上劈碎的骨头，从这

---

[1] 《巴黎评论》官网"诗艺"第90期，访谈者马克·福特（http://www.theparisreview.org/interviews/5507/the-art-of-poetry-no-90-charles-simic）。

些人人可见的细节后边，他看见血的大陆、血的大河与海洋的地图，看见一条干涸见底的河流，而他就是在这样一个巨大的屠场"被喂养"，恐惧是他的奶水，他就是在这样一个地方，在深深的夜里，听见一个声音。他没说那是什么声音，我们也不必追问，因为我们已被笼罩在巨大的恐惧之中。

灭绝的恐惧，被劈碎、被熬汤、被吞噬之恐惧，被捕、被驱逐、无家可归之恐惧，是西密克在漫长的写作生涯中随时与之相遇的幽灵。

"不是今天夜里，就是/明天夜里，要么是以后哪天夜里"（《夜间刮脸》）——没有比时时刻刻等着死亡降临更悲惨的命运了，这正是二战时无数人的命运。西密克选取的都是具体的一个人，两个人。他没有选择广场，没有选择集中营，没有呐喊，没有控诉：一对等着被屠杀的老夫妇从五层楼上的住所往外看，没看到党卫军抓捕犹太人，没看到同胞被驱赶到闷罐车里，只看到"下过雨了。好像/还要下点儿雪"；一个等着天亮时被捕的男子，妻儿已经送走，箱子也收拾好，心里想着要不要去刮脸。显然胡子拉碴，一副他根本不想在镜子里看见的邋遢相，但他一定要看，本能地要看：

不管怎样，还没发生，眼下

还有上唇，还有战栗的下巴，长着

亚当大喉结的喉咙

可以细心打量。

——《夜间刮脸》

12

这是隐忍未发的呐喊——快看看自己，明天就看不到了！

很多时候，西密克是一个魇住的人，总是被噩梦扣在它的黑锅里。对他来说，身外即是地狱，神灵无法灭绝恶魔，光明无力驱逐黑暗，温情难以抵挡残暴，欢愉不能除去悲痛。对他来说，就连花朵都是血和肉做成的，是有神经的肉身，会在锋利如刀的寒风中战栗（《田园诗》）。说到底，不可能有拯救——"你会向上帝祈祷而上帝会挂一个请勿打扰的招牌。"（《吉卜赛人跟我祖母预言未来那时她还是个姑娘》）——恶魔势力太强大，他们甚至把孩子们也掳进自己的阵营，"我看见孩子们围着火堆跑，/火光中他们的脸像恶魔。"（《埃米莉的老一套》）甚至把你的心和洋葱一起放在锅里煮，"你会切开洋葱和你的心/扔进同一只加热的长柄煎锅。/你的孩子们会睡在绳子捆住的箱子里。/你丈夫会夜夜亲吻你的乳房仿佛它们是两块墓碑。"（《吉卜赛人跟我祖母预言未来那时她还是个姑娘》）他的风景里总有肮脏、可怕、威胁的东西，总有嗜血狂魔。他的社会或人世，是糖纸剥开后一块嗡嗡飞舞的苍蝇围住的腐物！这些骇人的东西非但没有吓得他掉头而去，反倒像磁铁一样死死地将他吸过去。

压住他的梦魇并非凭空想象或天外异物，而是源自梦魇般的早年经历和成年后对于世界的观察——他看到人类的相互戕害从未停止。直到半个世纪后，记忆中和现实中的幽灵还没有放过他。当采访者认定他写于1990年代初期的《诸帝国》是以巴尔干战争为背景的时候，他没有否认。

《诸帝国》这首诗是关于我外婆的。我很小的时候,父母忙于工作,她照料我。她总是用收音机收听领袖们的演讲。我什么也听不懂。她会好几种语言,但听得一头雾水。她无法原谅她听到的谎言。这世界出了什么毛病?她会问每个人。我到现在也搞不明白。我一辈子经历了这么多战争,这么多屠杀。我到现在还像她当年一样,不明白。[①]

我外婆预言你们的帝国
要完蛋,哦你们这些傻瓜!
她在熨衣服。收音机开着。
大地在我们脚下震颤。

你们的一条好汉在演讲。
"怪东西,"她这么叫他。
人们向怪物欢呼,鸣枪致敬。
"我赤手空拳就能宰了他,"
她向我声称。

没必要。如今他们分分钟
都在毁灭。
"别跟人叨叨这事儿,"
她警告我。

———————————

① 《巴黎评论》官网"诗艺"第 90 期,访谈者马克·福特(ht-tp://www.theparisreview.org/interviews/5507/the-art-of-poetry-no-90-charles-simic)。

揪揪我耳朵好确认我听懂了。

西密克诗歌中居于核心位置的恐惧，被他那突兀的怪诞和既日常又超现实的品质，以及他无穷尽掐头去尾的故事所强化。

我想我的风格部分是由对于我早期之模仿克兰和史蒂文斯的反动形成的。我想让某物看上去非艺术、平凡，不要因表达得太多而惊吓了读者。与此同时，我渴望写出连狗也能读懂的诗。但我爱怪异的词语、奇特的形象、令人吃惊的隐喻和丰富的措辞……①

"怪异的词语、奇特的形象、令人吃惊的隐喻"，在这几个方面，即便放在整个二十世纪诗歌史上，西密克也是做得最好的诗人之一。怪诞是大量东欧作家和艺术家的特质，卡夫卡是我们熟悉的一个极端怪诞的例子，他是从最熟悉抵达最陌生，借用最日常的景观营造最神奇最惊悚效果的作家。西密克作品的一大特色是万物有灵：一对情侣会像两条鱼一样赤条条躺在锅里煎炸，动物会像人一样行事，任何事物，哪怕是抽象概念或某种状态，比如另一个自我，比如故事，比如谜语，比如线索，比如寂静，都是有生命会移动的精怪，是日常生活和宇宙中冥冥之力对我们生命的一种入侵和

---

① 《巴黎评论》官网"诗艺"第 90 期，访谈者马克·福特（ht-tp：//www. theparisreview. org/interviews/5507/the-art-of-poetry-no-90-charles-simic）。

威胁，而一只手的五根手指，每根都有一条命！(《为我右手指而作的动物寓言》》) 或许，我们可以说，西密克终其一生，是在写一部万物寓言集，总括了人与物，灵与肉，神与魔，爱与恨，生与死，其中充满了脆弱者想要拒之门外的死亡、腐烂、衰败和无人的气息。

但西密克不喜欢人们给他的作品贴上"怪诞"这一标签，在他的实践中，怪诞恰恰是他所反对的东西，"……其实，我不喜欢这个词（指怪诞）。你会想到幻觉，不必要的夸张。我的诗似乎是'怪诞的'，因为就像他们说的那样，我把高雅的和低俗的，神圣的和污秽的并置在一起，但并不是因为我想制造一种效果。我只不过认为世界就是这样的。"[1]

关于"另一个自我"，西密克写了《内在的人》，或许他受了博尔赫斯的影响，但这仍是西密克一以贯之的气息，即便是挪用，他穿的也是极合身的一件衣服，没有任何别扭。

它不是哪个
陌生人的身体。
它是另一个。

我们以同样
丑陋的嘴脸

---

① 王伟庆译《查尔斯·西密克访谈录》(《外国文学》1996 年第 4 期，原载《美国诗歌评论》1991 年第五期，访谈者布鲁斯·韦格尔，标题为《查尔斯·西密克：黑暗中的玄学家》)。

凑近世界。
我抓，
他也抓。

有些妇女
声称拥有了他。
一条狗四处跟着我。
也许是他的狗。

我安静，他更安静。
于是我把他忘了。
可是，当我弯腰
去系鞋带，
他又站起来。

我们投下一道孤单的阴影。
谁的阴影？

我很想说：
"他刚刚开始
他就要消停了。"
又没法肯定。

夜里
我坐下来

打破我们之间的默契，

告诉他：

"尽管你说的

每个字眼都和我一模一样，

你终归还是陌生人。

现在你打住吧。"

诗人和心理世界的这个幽灵在舞台上演对手戏，酷似一幕短剧。这显然是一个受到鄙夷的幽灵，但"我"鄙夷的究竟是"我自己"还是"我的"这个幽灵？"我们"一同投下的那道阴影究竟是"我自己的"还是"我的幽灵的"？这种闪烁不定是西密克的拿手好戏。

西密克最典型的怪诞之作或许要数《餐叉》。这不是美术班学徒的一幅写实素描，而是挂在中世纪恶魔脖颈上的恶魔！这小小餐叉仿佛来自地狱的一束强光，刺瞎我们的眼睛——

这怪玩意儿肯定是从地狱

溜出来的。

像鸟爪

挂在食人肉者脖颈上。

当你握住它，

当你用它戳住一块肉，

就可以想象鸟儿的其余部分：

脑袋像你的拳头，

那么大，没毛，没嘴，瞎着眼。

短短九行，被魔法驱动，力如深渊，不在日常经验的范畴里，与温馨（饮食/家庭生活）无关，与特定历史无关，很像恐怖电影。一件毫不起眼的日常用品，本应静静地待在橱柜里或餐桌上，却倏地跃入半空，成为一个暴烈的恶灵。

让我们看看，反向的诗人可以多么冷峻，威廉斯的《巨大的数字》是很好的案例。即便置身危急情境，这位诗人也只是写下他的所见所闻，不增不减，像不动声色的电影镜头——

在密雨中

在灯光里

我看到一个金色的

数字5

写在一辆红色的

救火车上

无人注意

疾驰

驶向锣声紧敲

警报尖鸣之处

轮子隆隆

穿过黑暗的城市。①

---

① 赵毅衡编译《美国现代诗选》（外国文学出版社 1985 年第一版）。

"锣声紧敲","警报尖鸣","轮子隆隆","黑暗",都只是客观描摹，并未夸张，而数字5仅仅是数字5。如果是西密克来写，这数字5十有八九会变成恐怖的幽灵。

《餐叉》是1965年西密克在美国，对着厨房里的餐具写下的一组诗中的一首。另外两首是《汤匙》和《小刀》。随后又有著名的《我的鞋》。

> 我当时对我的作品烦透了。我有一种感觉，我需要借助某些简单的事物再度开始。有一天，在我的公寓里，我坐在厨房，注意到那些东西——小刀，餐叉，和汤匙，还有其他一些东西。于是我说，让我写关于这些东西的诗吧。没错，意象主义就是这么干的——更直接影响我的是二十年代的法国超现实主义诗歌，尽管我的方法有所不同。那是一个极度重要的时刻：去发现这些物体的整个领地，然后写关于它们的诗歌，因为从未有人写过有关餐叉和小刀的诗篇，或一把斧子，一双鞋。这给了我一种自由。①

在将日常用品擢升为艺术方面，我们熟知的大师是马塞尔·杜尚和安迪·沃霍尔——闯入美术馆的小便器、运到纽约的一瓶巴黎空气、超市里的罐头、玛丽莲·梦露和毛泽东的肖像，是他们所使用的最著名的现成品，他们的观念风靡世界。西密克推崇的却是一位如今没有太大名气的艺术

---

① 赵毅衡编译《美国现代诗选》(外国文学出版社1985年第一版)。

家——约瑟夫·康奈尔。他写诗向约瑟夫·康奈尔致敬，称他为"灵魂的兄弟"——

是在 1950 年代后期，我第一次看有关超现实主义艺术的书。他是书中唯一的美国人，所以很突出。有一次我知道了他如何四处游荡去打造他那些盒子。我知道我们是灵魂的兄弟。他在城里四处漫游，一次次发现某种怪异的、貌似无用的物件，存起来，把它们与其他物件放在一起，那些同样无用的物件。一个康奈尔盒子就像一首诗，一个绝不相似的物件聚在一起、给观者以新鲜美感的场所。对于康奈尔来说，美就是某人发现的某物。我从未见过他，我知道有人见过他，他会在二十八街 IRT 站说，那儿有个镜子破了的口香糖自动售货机，真是很美。那种看待纽约城的方式让我大开眼界。[1]

这个镜子破了的口香糖自动售货机被西密克拿来，写进自己的诗里（《星空旅馆》）。但是他从来不会零度地使用那些"无用的东西"，零度地将那些"无用的东西"并置在一起，而是以强烈的笔触赋予它们神奇的效果。这时他用的不是删除，而是添加——当然，添加的不是词语，而是色彩和强度。他加入强烈的心理的元素。但这仍然不是添加，而是

---

[1] 《巴黎评论》官网"诗艺"第 90 期，访谈者马克·福特（http://www.theparisreview.org/interviews/5507/the-art-of-poetry-no-90-charles-simic）。

在用固执的万物有灵的眼睛看世界，这目光从未脱离他对世界的认知，他相信他看到的世界就是这样。

他眼中的白桦树不会有俄罗斯诗歌和小说中不可动摇的美的气息——

> 逼近的黄昏吼叫，
>
> 白桦树穿上围裙
>
> 伸出枝干去抓
>
> 打了夜霜的黝黑马镫。
>
> ——《十二月的树》

分明是一个阴森森系了围裙的屠夫！

他眼中的家园只有污秽和绝望——

> 我看见一块毛巾
>
> 挂在厨房
>
> 落满黑指印。
>
> ……
>
> 我看见一张没铺的床
>
> 感觉到被子的寒气。
>
> 我看见一只苍蝇泡在刚刚
>
> 降临的黑夜的水沟里
>
> 望着我因为它无法逃脱。
>
> ——《门缝塞进的便条》

他眼里没有美的白桦树，没有可以放心入住的家园。他很少为自然的光景，为人在自然中的愉悦动心，詹姆斯·赖特在"离明尼苏达去罗彻斯特的公路不远的地方"见到两匹孤孤单单的印第安马时心中涌起的温情，对于西密克来说几乎是神话——

　　他们羞羞答答地垂首，像潮湿的天鹅。他们相爱。

……

　　我真想把那匹瘦小的马抱在怀里，

　　因为她向我走来，

　　用鼻子拱我的左手。

……

　　轻风吹来，让我抚爱她的长耳，

　　皮肤柔软得像姑娘的手腕。

　　在这时我明白了

　　如果我一步跨出我的身体，我将会

　　开成一朵花。①

这首诗的标题是《幸福》。这样的幸福在西密克那儿，是没有的。

沃伦眼中的宁静在西密克那儿，也是没有的。

———————

　　①　赵毅衡编译《美国现代诗选》（外国文学出版社 1985 年第一版）。

那只是一只鸟在晚上鸣叫，认不出是什么鸟，

当我从泉边取水回来，走过满是石头的牧场，

我站得那么静，头上的天空和水桶里的天空一样静，

多少年过去，多少地方多少脸都淡漠了，有的人已谢世，

而我站在远方，夜那么静，我终于肯定

我最怀念的，不是那些终将消逝的东西，而是鸟鸣时那种宁静。

——《世事沧桑话鸣鸟》①

沃伦信赖那种宁静，而在西密克那儿，宁静的深处总是藏着鬼怪。他写过一首《安宁的树》，明明标题里有"安宁"，给我们的却是惊恐！那些树叶变成舌头，变成舌尖！

全在颤抖，

……

这么多树叶，

这会儿，没有一片

摆动。

---

① 赵毅衡编译《美国现代诗选》（外国文学出版社 1985 年第一版）。

这么多已变成
舌头的形状，
舌尖的形状。

哦，另一年夏天的
晚风中
树木的甜言蜜语。

蜜语，仿佛高高的
沥青色天空
猝然降下的雨滴
沙沙响。

　　偶尔，他会凝视生命的欢乐，那首《夏天的早晨》就是
对于朴素生命的赞颂。

我喜欢整个早晨
赖在床上，
掀开被子，赤条条，
闭上眼睛，听。

户外，玉米地的
小学校里
他们正打开
识字课本。

能闻到潮湿的干草，马匹，

慵懒，夏日天空

和永生的气息。

但这是少有的例外。他总是害了强迫症般地回到暗夜，回到战争与驱逐，回到强大的恶魔对于弱者的灭绝，回到他曾经像鱼一样在其中游弋的肮脏凶险的底层世界。

有一件事贯穿了你的整个写作生涯，你的许多诗歌再现了边缘地带的生活——你作品中的人物经常是孤独者、酒鬼、流浪者、恶汉、街头神秘主义者、常年住在烂旅馆里的住客……这是你二十多岁时生活的真实写照吗？

没错。1958年夏天我去了纽约，发现自己孤身一人。我在芝加哥有很多朋友，他们都很惊讶：你去纽约干吗？但纽约有更多我喜爱的东西——更多的电影，更多的爵士吧，更多的书店。我晚上读大学课程，白天干各种各样的活儿。我在百货公司卖衬衫，在书店里打工，干点儿家庭装修，当记账员，薪资结算员，还有其他杂七杂八的事儿。不干活不上课的时候我就去酒吧里呆着或看电影。我睡得少，读得多，不停地恋爱。回想起来，那会儿我既没有开心得要命，也没有难过得要死。①

① 《巴黎评论》官网 "诗艺" 第 90 期，访谈者马克·福特（ht-tp://www.theparisreview.org/interviews/5507/the-art-of-poetry-no-90-charles-simic）。

这是西密克的"在人间":有难挨的饥饿,但没有灭顶的灾难,没有刻骨铭心的悲恸;有音乐,有爱情,有亲近知识的愉悦,还有不可替代的体验——底层生活犹如一大锅热气腾腾的汤,里边烩了千奇百怪的汤料,足以让这位来自贝尔格莱德的少数民族诗人与大多数流派诗人区分开来。他喜欢贫困街区那些破败的小店:当铺,宠物店,杂货店,理发店,当然还有肉店,他一辈子都在写这些。他偏爱黑夜的情景,按他自己的说法,似乎没有神秘的原因,仅仅因为别人鼾声正浓时,他这位失眠症患者刚刚起床。

我到了纽约,找工作。

下雨了,如挪亚时代。

我在那座伟大城市数不清的门口伫立。

有一次我向一个穿夜礼服的男人要根烟。

他狠狠瞪我一眼,进了火车。

因为"人生来渴求幸福",

圣·托马斯·阿奎那说的,

他给出上帝存在及其目的不容辩驳的证据,

所以我在服装中心干装卸。

我和一个黑人偷了一位妇女的红礼服。

丝绸的,闪着光。

——《圣·托马斯·阿奎那》

我去最熟悉的

中餐馆吃晚餐。

餐馆里有位三根手指的侍者

每晚给我端来汤和饭

一声不吭。

……

一条条街上满是破伞

看着像阴森的风筝

也许就是这位中国小姑娘做的。

麦克多加尔街上一家家酒吧空了。

有过一场打斗。

一个男人斜靠灯柱张开双臂好像钉在十字架上，

雨把他脸上的血冲走。

——《雪莱》

在从前名叫"地狱厨房"的街区，

当城市在仲夏的暑气中热气蒸腾，

人们请乞丐演奏尼禄的提琴；

女理发师自称克里奥佩特拉

在我头顶上挥动命运的剪刀

威胁要剪掉我的耳朵和鼻子；

一男一女赤身露体

在黎明时分微暗的小街上不停地走。

——《天堂》

吸引他的是世界的处境，人的处境，和人在其处境中的状态。西密克认为，伟大的诗歌提出关于人类状态的根本问题。

> 荷尔德林已经提出过这个问题："……在一个贫困的时代，诗人何为？"海德格尔回答道："在世界黑暗的时代里，世界的深渊必须去体验和承受。而为了这个，有必要有一些人进到深渊中去。"我依旧相信诗歌比任何一种艺术都能更加丰富地表达一个时代的精神生活。诗歌是这样一个地方，在那里所有关于人类状态的根本问题全涉及到了。……对我来说很明显的是：人们在伟大的诗歌中提出关于人类状态的根本问题。在读诗或写诗过程中，如果不问及我是谁和这一切意味着什么，就难于深入下去。诗歌是一种认识方式，它使用的文字是一面镜子，映照出它创作的时代。每一个字都是一面小镜子——也许是一面哈哈镜！[①]

"每一个字都是一面镜子！"说得真好！

> 远远地，我们的伟大领袖
>
> 在阳台上夸夸其谈像只公鸡，
>
> 没准那是一个了不起的演员
>
> 在扮演我们的伟大领袖？
>
> ——《浮雕宝石上的幽灵》

[①] 王伟庆译《查尔斯·西密克访谈录》（《外国文学》1996 年第 4 期，原载《美国诗歌评论》1991 年第五期，访谈者布鲁斯·韦格尔，标题为《查尔斯·西密克：黑暗中的玄学家》）。

领袖，一面小镜子。夸夸其谈，一面小镜子。公鸡，一面小镜子。演员，又一面小镜子！

当然是哈哈镜。当然带着东欧的魔法气息。西密克的确像一位语言的魔法师，用人人可懂的词语的小镜子构建起他的神奇王国。对于他的作品，我们不可过度阐释，更不能将其局限于历史的、自传的领地。他的诗歌所映现的不仅仅是他个人的心灵，不仅仅是他背后那支被欺凌、被驱逐的牺牲者的大军。他的塞尔维亚同胞没在他的诗里感受到故土气息，"我的诗歌发出的声音对他们来说绝对是外国的。'他不再是我们中的一员，'我听见他们带着愤怒和失望说。"同样来自东欧的斯洛文尼亚诗人托马斯·萨拉蒙却给予他极高评价，说他像一块石头砸进美国的心脏部位，在半个世纪的时间里，不仅重建了今日的美国诗歌，也改写了美国诗歌史。

杨　子

2017．12．8

选自《拆寂静》（1971）

肉店

深夜里走路，有时
我会在一家打烊的肉店前站住。
店里亮着一盏灯
跟罪犯挖地洞的灯很像。

铁钩上挂着围裙：
上边的血迹把它涂成一张
血的大陆，血的大河
与海洋的地图。

几把刀像阴森森教堂里的
祭坛，闪着光
他们就是把瘸子和白痴带到那儿
治疗的。

砧板上边，骨头劈碎，
剔净——一条干涸见底的河流
就在那儿，我被喂养，
就在那儿，深深的夜里我听见一个声音。

挂毯

悬挂于天地间。
上边有树，有城市，有河流，
有小猪和月亮。挂毯一角，
雪下在冲锋的骑兵身上，
另一角，妇女在种水稻。

你还能看见：
一只小鸡被狐狸叼走，
一对赤裸的夫妇在他们的新婚之夜，
一柱烟，
一个目光狠毒的女人往一桶牛奶里吐痰。

后边还有什么？
——太空，无边空寂的太空。
现在谁讲话？
——一个睡在帽子下边的男人。

他醒来会发生什么？
——他会走进一家理发店。
他们会剃掉他的胡子，修理他的鼻子，耳朵和头发
为了让他看上去和大家一模一样。

夜

蜗牛营造了寂静。
野草是幸福的。
漫长白昼结束，
男人找到快乐，水也归于平静。

让万物原始。让万物静静伫立
不要终极方向。
那把你带到人世
就为把你交给死神的
是同一个家伙；
长长的，尖尖的阴影
是它的教堂。

夜里有人听懂了青草的话。
它会一两个字。
不多。重复同样的话
一遍又一遍，声音不大……

内在的人

它不是哪个
陌生人的身体。
它是另一个。

我们以同样
丑陋的嘴脸
凑近世界。
我抓，
他也抓。

有些妇女
声称拥有了他。
一条狗四处跟着我。
也许是他的狗。

我安静，他更安静。
于是我把他忘了。
可是，当我弯腰
去系鞋带，
他又站起来。

我们投下一道孤单的阴影。
谁的阴影？

我很想说：
"他刚刚开始
他就要消停了。"
又没法肯定。

夜里
我坐下来
打破我们之间的默契，
告诉他：

"尽管你说的
每个字都和我一模一样，
你终归还是陌生人。
现在你打住吧。"

田园诗

我来到草地上
青草花朵还有言辞
一片
寂静

我看见花朵
是肉和血做的
所以才会对刀子般的风
战栗，害怕

于是我坐在真理和寓言
两个词中间
拿出我的空碗
和汤匙

在随着暗夜
一同降临的寂静中
祈求爱情
听见她喊着我的名字

我往手心吐唾沫

好抓住萤火虫般的

星星

照亮她走向我的路。

恐惧

不知不觉，恐惧从一个人跑到
另一个人那里，
当一片叶子将它的战栗
传给另一片。

刹那间整棵树战栗，
而风杳无痕迹。

行军

在我忘掉那些马匹之后
当篝火变成清凉的流水，
老妇人在漫长一生的尽头
脱下丧服躺进棺材

一匹马站在那儿像个幽灵，
淹死的姑娘她的梦被大海扔出去，
突然他回头，号手掉转军号
转向新下的蛋一样闪光的月亮。

我在我屋里，在儿子们中间起床，
穿上旧衣服，套上沾满泥巴的靴子，
我的衣服散发出狼和积雪的气息，
我的靴子践踏过人脸。

我记得那沼泽，草比马高，
湍急的河流比干草堆舒服，
那儿我将栽进深坑，栽进黑暗的眼睑，
直到埋在人粪下面。

热血涌进我大脑，晃着小铃铛。

山谷里光在母牛奶子上死灭。
苹果树不再与苹果嬉戏
风刮来男人行军的声音。

行进的士兵前方，一只狗在路上走，
一个很快要被吊死的男人在路上走，
脑袋耷拉，脸色发黑，面孔扭曲，
仿佛死亡意味着用力拉屎。

紧闭门窗，别往外看，
星星将莅临秋日的天空，
仿佛船只在海上搜寻幸存者
但你儿子不会从深渊爬出来。

一个声音的合唱

我正要挨着你躺下来。
再不会比这一刻更冷。
陌生人又聚在一起
饮酒，歌唱。一个异样的年轻人
身穿制服坐在他们中间。

我们安然进入黑夜。黑月亮。
手持蜡烛和汤匙他们检查它的口腔
一个灵魂已死关节被狗啃过的人
在吃纸盘子里的东西。

我正要挨着你躺下来
仿佛什么也没发生：
靴子，鞋匠的刀，妇女，
你的位置转向我心中真正的北方。

这是一个传说，它有一个内核。
你得用自己的牙齿咬开。

不在今晚，那就……明天。
那保持头脑清醒的人，
那不打盹的人……
已没有太多选择，
要把你的钱追回来，太晚了。

关于这一点我能说的只是——
你不用拍任何人马屁，
也不用签字。
一切都将秘密地发生
就像爱情降临。

一阵翅膀的响声并不意味着鸟儿飞过。
今天吃过了，别以为明天还能吃到。
人会压成肥皂。
树木飒飒响。并非总有人回应。
月亮北方的猎犬你叫吧你叫吧。
并非只有人类的躯体必须忍受自己的命。

许愿：让一根飞快的针
将这首诗缝成一张毯子。

赞美诗

1

老家伙们赶到一边。

如果有一个裁缝，让他大腿
跷二腿坐着去吧。
我的衣服一眨眼就送到。

所有牧师赶进小屋。
所有商人扔到车上。待会儿我们就去割断他们的喉咙。

乞丐们赶到裂缝跟前，
我们就要看到他们怎样爬进去。

给那沉思的人，举棋不定的人，
一磅洋葱去剥皮。

王冠给疯子，如果他们还想要。
祈祷书给士兵让他们把它变成跳蚤。

没人打算去碰孩子

没人打算把做梦的人铲出来。

2

我就是那个驴背上的约瑟的约瑟的约瑟①，

我是被人谈论的一架风车我的语言与群星一起嗡嗡响，

我是把自己和天上的星宿连结起来的哥伦布，

我是任何一个寻找里边有扫帚的房间的人。

3

你必须明白我是在黑夜里写下这个

他们的睡眠海洋般包围了我。

她叫玛利亚，所有人中最神秘的一位。

她是一座森林，伫立于时光的开端。

我是躺在其中的一位。这束光是我们的精液。

这森林老了，比睡眠更老，

比我走路时编排的这首赞美诗还要老。

---

① 约瑟（Joseph），基督教《圣经》中雅各第十一子，遭兄长忌妒，被卖往埃及为奴，后作宰相并拯救全家。

诗

每天早晨我都忘了它的模样。

我看着烟

在城市上空升起。

我不属于任何人。

我想起我的鞋子，

想起我怎样被迫穿上它，

怎样弯腰系鞋带

我将凝望进大地深处。

夏天的早晨

我喜欢整个早晨
赖在床上，
掀开被子，赤条条，
闭上眼睛，听。

户外，玉米地的
小学校里
他们正打开
识字课本。

能闻到潮湿的干草，马匹，
慵懒，夏日天空
和永生的气息。

我认识所有黑暗之地
太阳尚未到达那儿，
最后的蟋蟀
安静下来；蚁塚
发出下雨的声音；
昏睡的蜘蛛纺着婚纱。

我走过农场住房

那儿小小的嘴巴张开来吮吸，

谷仓前的空地上，一个男子光着上身，

用水管里的水洗脸，洗肩，

厨房里碟子响成一片，

美丽的树发出

山间小溪的声音

它熟悉我的脚步。

它，也安静下来。

我停下，聆听。

就在附近，

一块石头砸坏了指关节，

另一块在昏睡中滚动。

我听见一只蝴蝶

在毛毛虫体内动。

我听见灰尘议论

昨夜的风暴。

更远处，某人

更安静

跨过青草，

不屑一顾。

一切都在一瞬！
在那寂静中，
似乎有可能
朴素地活在大地上。

拆寂静

先卸它的耳朵，

小心翼翼，所以它们没溢出来。

用一声尖厉口哨撕开它的肚子。

要是里边有灰，闭上眼睛

顺着风吹走。

要是里边有水，静止的水，

就把吸水不足月的花根带来。

当你来到那些尸体跟前，

而你没带上一条狗，

没备好一口松木棺材，

没备上一辆牛车好让尸骨咔咔响，

心里盼着快点摆脱它们。

下次你抬起肩膀

会感到它们压在你身上。

这会儿天色漆黑。

缓缓地，耐心地

寻找它的心脏。你需要

远远地爬进空心的天国

听它的心跳。

为我右手指而作的动物寓言

1

拇指，一匹马松动的牙齿。
属于他那群母鸡的公鸡。
恶魔的犄角。肥虫
在我出生时已经长在
我身上。
用了四根手指才把他干倒，
猛地对折，直到骨头
开始悲嗥。

把他砍下来。他能关照
自己。泥土中扎根，
与狼一同逐猎。

2

第二根指点道路。
真正的路。一条穿过大地，穿过
月亮和星辰的小径。
看，他指向更深处。

指向自己。

3

中指背后有点儿痛。
僵硬，没习惯这份生活；
一个生来衰老的家伙。大约是某种
他拥有又失去
又到我手里来找的东西，
用的是狗儿用
尖牙
搜虱子的方法。

4

第四根是神秘。
当我的手
在桌上休息
他会自动跳起来
就跟谁叫了他名字一样。

每块骨头，都让我想起他，
手指，满心忧愁。

5

有个东西在第五根里动弹

有个东西永久呆在诞生
那一刻。虚弱，柔顺，
他的触碰那么温柔。
它有一滴泪那么重。
它把尘埃从眼里弄出来。

餐叉

这怪玩意儿肯定是从地狱
溜出来的。
像鸟爪
挂在食人肉者脖颈上。

当你握住它，
当你用它戳住一块肉，
就可以想象鸟儿的其余部分：
脑袋像你的拳头，
那么大，没毛，没嘴，瞎着眼。

汤匙

古老的汤匙，
用它嚼过，
舔得干干净净，

擦得雪亮
恢复凶眼
之光，

此刻，它从桌上
盯着你，
预备擦掉

赤裸的墙上
今天的日期
和你的名字。

小刀

1

肥母鸡的
忏悔神父
在它咽喉的
红色祭坛上，

一根舌头，
彻底孤独，
携带着丧失了的口腔里的
黑暗。

一个疯子闪光的
独眼——
如果还有一滴泪，
为谁流？

2

这是一根蜡烛
也是歪歪扭扭的

字母的笔迹；

小刀神秘的书写。

我们向下走进

秘密的楼梯间。

我们在地下走。

小刀照亮了路。

穿过动物的骸骨，

水，野公猪的胡子——

穿过石头和余烬，

我们紧跟一种气味。

3

到处都有这么多

黑暗。

我们在一个口袋里

吊在

某人肩上。

你听到行军的

靴子踏出的声音。

你听见大地

用空洞的

砰的一声回答。

如果它是
你渴望的一首诗，
拿起小刀；

一颗孤独的星辰，
将在你手心升起，落下。

我的鞋子

鞋子，我内心生活的隐秘面孔：
两张没牙的打哈欠的大嘴，
两张几乎烂掉的兽皮
散发鼠窝的气息。

哥哥姐姐生下来就死了，
他们的命在你们身上延续，
引导我的生活
朝向他们费解的天真。

穿上你们就能读到
我在人世和来世，以及
将至的生灵的福音书，
书本对我还有何用？

我应该宣告我发明的
与你们完美的谦卑匹配的宗教
还有我正用你们作为祭坛建造的
不可思议的教堂。

清苦，充满母性，你们忍着：

与公牛、圣徒和罪人近似，

用你们无言的耐心，塑造

我仅有的正确外表。

石头

进入一块石头
那将是我的方式。
让别人变成鸽子
让别人用老虎的牙齿去咬。
我乐意做一块石头。

外表看石头是个谜：
谁都猜不到谜底。
而内部，一定冰冷又安静
即使母牛将全部体重压在它身上，
即使孩子把它扔到河里；
石头下沉，缓慢，镇定
沉入河底
鱼儿游过来敲它
听它。

当两石相击，
我看见火星飞进，
所以也可能石头里边根本不是一团漆黑；
也可能一轮月亮在某处
照耀，仿佛藏在山背后——

那光亮刚好可以让你

辨认隐秘的墙上

古怪的文字，星星的航海图。

无题诗

我对铅说
为何你任由自己
被人造成子弹？
难道你忘了那些炼金术士？
难道你放弃了
变成黄金的希望？

无人回答。
铅。子弹。
这名字就像
又深又长的睡眠。

探险家

他们在夜间

抵达目的地核心位置。

谁也不来迎接。

他们携带的灯盏

将他们的影子

抛回自己的大脑。

他们在日志中写：

天空和大地

同样是难以穿透的色彩。

即使有河流湖泊，

也一定在地下。

我们搜寻的大理石，渺无踪痕。

而陌生的新星，也没有一丝迹象。

甚至没有风，没有尘埃，

我们必须断定最近

有人骑着扫帚来过这里……

他们写日志的时候，新世界

渐渐把它的黑线

缝进他们体内。

最后，什么也没留下
除了一声低语
不是冲着
他们中的某一位
就是冲着从前来过的某人。

说的是："我很开心
最后我们全到了……

让我们把这里当作我们的家。"

有关我的邻居，赫梯人

了不起的赫梯人①。

他们的耳朵里有老鼠而老鼠有它的洞。

他们的狗活埋自己只留下骨头

看守屋子。一根孤单的野草握有全部的风暴

直到蛛网布满天堂，

在他们的河流湖泊里小草

正在寻找溺死者。要是骆驼不愿

穿过针眼，

他们就在它尾巴上拴一间房子。了不起的赫梯人。

他们的父辈还在摇篮里，他们的新生儿已经发动战争。

对他们来说铅块漂浮而树叶下沉。他们的上帝只有

一粒芥子那么大，一口就能吞下。

他们也会迎风撒尿，

往漏桶里倒水，

扯两块树脂生火，

而且舌头里有骨头，

被羊群啃噬的狼骨头。

---

① 赫梯人（Hittite），小亚细亚东部和叙利亚北部的古代民族。

他们被人叫做堤坝建造者，

他们被人叫做亚细亚马

不会沉入莱茵河，他们被人叫做

老祖母的谶语，他们还被人叫做

你不能把它带进坟墓。

是那种嘶鸣钻进你左耳，

出自你体内深渊的一阵悲叹，

你在其中永远坠落的一个梦，

你坐在床上的时光，

好像某人已在叫你的名字。

无人知道赫梯人活着为了什么，

还有，为何两人低语时，

其中一个只是听着。

他们可曾抓住逼人的刀子？

他们抓住它就像合上嘴巴抓住苍蝇。

他们是否称好了最后一枚鸡蛋？

他们用骨头砸碎鸡蛋所以它不会叫喊。

他们是不是等着穿死人的鞋子？

那双鞋一只耳朵进一只耳朵出。

他们是否擦干净鼠夹上的血迹？

他们点燃血液给自己取暖。

穿着没有口袋的尸衣他们会不会冷？

要是天也掉下来晚餐就能吃上云了。

他们有什么留给我们
掺进我们的烟斗和它冒出的烟？
留下一个美丽姑娘的辫子
他们曾用它拽出一列城堡
还有他的雕像，他和狗
同睡又和跳蚤一起醒来。
寻找它在空气里的痕迹。

如今他们是越来越少。
谁写下他们的名字
然后烧掉纸片？谁把蛇骨
放进他们的枕头？谁把指甲盖
扔进他们的汤里？谁让他们
在楼梯下走动？
谁把别针扎进
他们的相片？

长猴子的讨厌鬼和他的兄弟魔眼。
懒骨头和他的姐姐兔子脚。
交叉双手和他们的父亲天狼星。
敲木头和他的母亲地狱火。

因为尾巴推不动母牛。

因为森林不能飞到天鸽座。

因为石头尚未说出最后的话。

因为粪堆隆起而帝国塌陷。

他们被甩在后边

所有的钥匙

他们一生下就在喉咙里找出来，

他们咬住那只手因为它在喂他们，

船上扔下来的两只鼠还在下沉，

一束解开的发辫。

那片叶子，他们把它翻过来已经太迟。

所有的盐撒在肩上，

所有血淋淋的肉在游牧部落的马鞍下旅行……

披着狼皮的森林来了，

聪明的母鸡对伞鞠躬。

正当流血的黄昏会见流血的暗夜，

他们相互讲着别的流血的故事。

上方光秃秃的树枝大声说话，
月亮破破烂烂。

我再三强调：贫瘠的日子不会独自来到，
它携带万物，为了让太阳升起。

夜是每个人的城堡。
别让城堡从袋子里溜走。

溪谷里的风，高山上的风，
习惯了身体就能适应床板。

也许所有道路
穿过母猪的耳朵
引向或好或坏的结局
两者都在灌木丛中。

空话的捏造

我没留意
我写作的时候
这世界除了我的桌椅
什么都没有了。

于是我说：
（纯粹为了好玩，为了伤害耐心）
就是这家没酒杯，
没酒也没侍者的小酒馆，
我是它期盼已久的酒鬼？

空话是蓝色的。
我用左手打它，手不见了。
为何之后我如此平静
如此快活？

我爬上桌子
（椅子不见了）
用空啤酒瓶的
喉咙歌唱。

选自《回到被一杯牛奶照亮的地方》（1974）

鸟

梦中一只鸟
在一棵阴沉沉的树上
呼唤我。

在日光粉红的枝条上呼唤我，
在每天都向我心脏逼近的
长长的阴影里。
在大地尽头呼唤我。

我给她我的梦。
她将它们染成红色。
我给她我的呼吸，
她将它变成沙沙响的树叶。

她从朝阳的御座呼唤我。
她的鸣叫犹如一根划着的火柴
在昏暗起风的门槛上闪烁。

鸟儿，模样

就像打哈欠的
嘴巴的
深处，

早晨五点
天空澄澈透亮
像给婴孩
施洗的水。

我乘着你歌曲的
楼梯出发，
赤裸，
像木头冒出的烟，缓缓上升。

大地越来越小
我一双赤脚站
在夜与昼交汇
的十字路口，

可怕的寒气
将我
冻透。

后来，我坠落在

一片空地，
一座黑暗，寂静的
森林，

梦见我长出
那只守护我昏睡的
鸟儿的
眼睛和耳朵。

西瓜

绿佛
站在西瓜上。
我们吃微笑
吐出牙齿。

旅行

我把自己变成麻袋。
一个拾破烂的老人
黎明时分带我上路。
我们蹒跚，我们佝偻。

他说这是一根蓝领带，
一个男人顺着往上爬领带挂在脖子上。
他爬上去了在那儿啜泣
因为他不知道怎么下来。

但我什么也没说，麻袋又能说什么？

他说这是一件大衣。
他叫阿哈布，他的破衣服跟我们的没两样。
他在找那个生了他的裁缝。
他想叫他的黑线全断开。

但我什么也没说，麻袋又能说什么？

他说这是一双靴子，
当他们耷拉，当他们倒下

刹那间他们看见他们的生命，

他们会缠着我们哪怕我们走到天边。

但我什么也没说，一个快要撑爆肚皮的

麻袋又能说什么？

猜谜

云是一条线索。哦云！
两棵榆树很可疑。

谁的线索。我的线索，
我所有骗人的线索，
我所有坏脾气的预兆，
解谜的时刻到了。

线索先生坐下。
预兆先生拍翅。
他们动动指头不劳而获
而别人千辛万苦。

我和我的生命线结了仇。
我注意到那上边的十字路口和阴沟。
我被钉在十字架上游行。

我用耳朵解谜。
耳朵能听见不在那儿的东西。

我用眼睛解谜。
眼睛什么也看不见什么都看见了。

浑圆，浑圆，
所以能轻易地滚开，
在滚动中大笑
蜕皮，剥下可爱的洋娃娃衣裳。

雪白，所以能聪明地
藏在纸里，
而我相信它已经丢了，
我相信它从未存在。

沉甸甸，让我感觉到
压在我肩头的重量，
我的后背弯成问号，
我的脚扭成逗号。

我鼻子下边是什么
不是什么?
它回家了?

找到老情人了？

现在这儿一无所有
除了同样古老的东西
说着同样古老的故事
在厨房的饭桌上：

明天它就会出现在这里，
化了妆，认不出来。
我保存着它的骨头。
我保存着它豁口的碗。

我们挥手道别
我最珍贵的线索和我。
两个问号。
两只驴耳。

围着那个不停地
变换谜底的谜语，
我们打地铺，
石头当枕头。

黑夜又长又黑。

所有人
都在造帆船，
我在我的酒瓶里
造灯塔。

地方

他们议论这场战争
桌子还没收拾干净。
对面，夜的第一扇
窗户亮起了灯。
他坐下，弓着腰，安安静静，
古老的恐惧攫住他……
天更黑了。她起身，将盘子——
现在是令人不快的白色——端进厨房。
户外田野里，森林中
一只鸟说出箴言，
教皇出门会见阿提拉①，
壕沟为小队准备好了。

---

① 阿提拉（Attila，406?—453）入侵罗马帝国的匈奴王。

乳房

我爱乳房，坚挺
饱满的乳房，被一枚
纽扣守卫。

它们乘着夜色莅临。
古人的动物寓言集
收入独角兽
却将它们排除在外。

以珍珠装饰，像日出前
一小时的东方，
唯一的炼金术士
他的两炉宝石
值得操心。

她们为我们口腔的小小
红色校舍端上她们那发出无声
叹息的乳头的念珠
和美妙清澈的元音字母。

在别处，孤独

以它的盖墓石板另造一个

阴郁的入口，苦难

又借了一杯稻米。

她们靠得更近了：动物的

精灵。谷仓中

牛奶在桶里颤动。

我喜欢从下边

够到它们，像个孩子

站到椅子上

去够一罐不许碰的果酱。

我的嘴唇温柔地

松开纽扣。

让它们滑进我的双手

像两只刚倒满啤酒的大啤酒杯。

我朝傻子们吐唾沫他们没本事

将乳房包含在他们的形而上学之中，

占星师也没能从地球的一个个月亮中

认出它们……

它们给每一根手指

它的形状，它的快乐：

没用过的肥皂，泡沫
把我们的手洗干净。

而舌头是多么崇敬
这两个发酵的小面包，
舌头是浸入蛋黄的
一根羽毛。

我坚信一个将衣服
退到腰部的姑娘
是最初和最后的奇迹，

而躺在临终的床上要求最后
看一眼妻子乳房的
老看门人
是古往今来最伟大的诗人。

哦我甜美的啊，我甜美的不，
看，世上所有人都睡着了。

现在，在绝对静止的
光阴中，揽着我爱人
的腰肢与我紧贴

我要把沉甸甸

黑葡萄般的乳房

轻轻推进我死气沉沉的

嘴巴的蜂房。

查尔斯·西密克

查尔斯·西密克是个句子。

一个有始有终的句子。

简单句还是复合句?

那得看天气,

那得看天上的星星。

主题是什么?

主题就是你那可爱的查尔斯·西密克。

用了多少动词?

吃饭,睡觉和性交,只是其中几个。

宾语呢?

宾语,我的小东西,

还没看见。

谁在写这笨句子?

一个勒索者,一个恋爱中的姑娘,

和一个申请工作的人。

他们用句号还是问号结束？

他们用惊叹号和一个墨水点结束。

孤寂

现在，第一块面包屑
从桌上落下
砸在地板上
你以为没人听见

但在某处蚂蚁们
正戴上
贵格会教徒的帽子
前来拜访你。

妙就妙在

这就是那个害怕
往下发展的故事。

这就是轻轻摇着害怕
往下发展的故事的
静止的
铁摇篮。

它是多么痛惜
纯真的丧失，
这孤单的，烧焦的，
辅音字母的疯狂，

此刻它坐着，
害羞，孤立，
在所有清白的
空白里。

而它梦见

这故事害怕往下发展。

梦中它把自己
造成
绞架的形状。

当绞架落成，
它勒住脖子吊在上边
这是它没梦到的。

下边，泥土中
它起源的影子
跑来啃它
颤抖的脚。

说这故事
害怕往下发展，
没有意义。

一切都因为
你眼里
进了沙子。

你张望

它也张望。

没准今晚

反射它最后的黑暗，

传来它最后的悲叹

在它融进一滴

泪水之前？

它死后

他们打开这害怕

往下发展的故事。

什么也没发现。

一无所有中

他们找到一片

舌头。

舌头里边

一根松松垮垮的头发。

头发里边，

他们发现

无论什么

被毁灭

每一次

它都被人提到。

汤

让你骨鲠在喉，

然后发毛直竖，

然后是你的脏脚，

然后是你的阴茎你的指甲。

时针走到 13 点。

空屋子，铁笼子。

历史的蟑螂在墙上跑。

不是讽刺，

而是笑它。

不是动怒，

而是咒骂。

然后用你的黑袖章

擦擦你的红鼻子。

占卜者的，钟表匠

和镜子匠的汤。

盛满头盖骨和骨头的

热气腾腾的汤。

炼金术士的，扒手

和垂钓灵魂者，寡妇，

孤儿和盲丐的汤。

苍蝇钟爱的汤。

我们拿什么熬这汤？

用特雷布林卡①的炉火。

用广岛的毒火。

用罪犯的头颅

挤满了记忆的头颅。

让我们熬汤直到我们将

母亲清白的躯体从它浓雾翻涌的

深渊里托起来。

她们庞大，她们美丽。

她们一边用肥皂擦身子一边笑

---

① 特雷布林卡（Treblinka），波兰东部一村庄，二战时纳粹曾建
特雷布林卡集中营。

◇

你以为它尝起来什么味道？

像骰子上的唾沫。

像倒刺铁丝网。

像 Toboso 杜尔西内娅的黑色紧身短衬裤。

像她涂红的脚趾。

天使骑一头肥猪

跟它说悄悄话

害得肥猪脸红。

冬天短促阴沉的白昼结束时，

我们舀起世界的汤

灌进肚子

唤醒神的好奇心。

◇

我们就着什么喝汤？

---

① 杜尔西内娅（Dulcinea），西班牙作家塞万提斯长篇小说《堂吉诃德》中，主人公堂吉诃德对他钟情的纯朴乡村姑娘的称呼。

就着扔在雨中的一只旧鞋子。

就着同一张脸上争吵的两只眼睛。

就着孤独的黑翅膀。

就着宠物店鱼缸里永不休眠的鱼。

我们会戴上帽子

坐下来咕嘟咕嘟喝：

一种低语的森林般的汤，

一种刺激胃口的屠宰场的汤。

可能还有：

记忆的面包，一块黑面包。

油煎洋葱的冷风。

说不清道不明的血肠。

最阴暗思想的烤鹅。

来自圣母玛利亚乳房的一滴奶。

深夜哥伦布在大西洋中撒尿

心中充满永恒的感觉。

那酒！那月光！

大海，还有天空，像张开的大口。

选自 《卡戎的宇宙观》 (1977)

局部的解释

从我跟侍者点餐到现在，
似乎已过去很长时间。
油垢的小餐馆，
外边下着雪。

从我最后一次听到厨房门
在我身后响了一声
从我最后一次看到
有人走过大街到现在，
天好像更黑了。

一杯冰水
把我安顿在
我自己选定的
餐桌旁。

还有一种渴望
不可思议的渴望
偷听
厨师们
谈话。

上课

现在我想起

多年以来

我一直是那位

经验丰富的家伙的

傻学生。

怀着愚蠢的崇敬

我那么勤勉地

把他那些我误以为

会影响我世俗生活的

英明见解

记下来。

像只鹦鹉，

我急促地背诵战争

和革命的日期。

我庆祝

刽子手的末日。

甚至确信

这帮人的数目

在减少。

在我看来

我老师

逐步向我呈现了

一种模式，

我听到的

是分期连载

流浪汉小说的

一个复杂情节，

最后几页

应该完全

交给

自然的抒情

再现。

遗憾的是，

随着时间的流逝，

我发现自己

无法

忘记哪怕

最小的细节。

我越来越喜欢

留在开头部分：

一个冲着我们的

栅栏撒尿的

士兵的发型；

天花板上的树影，

母亲

和我什么也

吃不上的那天……

不知怎么了，

我无法忽略

那列夜夜

将我吵醒的

押运犯人的囚车。

无法让鸣响的汽笛

轰隆隆的喧哗

从我大脑里消失……

在用我的失眠症

朴素地装饰的

这间教室里，

在我用来

当课桌的膝盖上，

在漫长可怕的

学徒期，

第一次

我扑哧一声笑出来。

原谅我，你们大伙！

想起我叔叔

用一枚自制炸弹

去炸路障，

我扑哧一声笑出来。

诗篇

我父亲整天，整夜都在写：
在睡梦中写，在棺材里写。
我们家里，日子很好，很安静。
能看见阳光中尘埃的污渍。

有时我越过他的肩头
看那白茫茫一片。雪下着，
像你期待的那样。一滴墨水
轻易就埋葬了，像脚印。

我也将迷失，但他的阴影在
墙上，像只猫头鹰。
能听到他钢笔的沙沙声
和桌上沉入冥想的墨水瓶的声音。

当墨水瓶空了
他黝黑的大手
变得比地球还大
侦探着月亮的龙头。

卡戎①的宇宙观

只拎着昏暗的灯笼

告诉他他身在何处

每次都是一座满载

新鲜尸体的山

把他们带到另一边，

那边尸体更多

现在我只好说他肯定

把这边和那边搞错了

我只好说没关系

不会有人抱怨他

把他们口袋翻了个遍，

这个搜出一片面包，那个搜出一根香肠

隔了很久又搜出一面镜子

或一本书他全都从船舷上方

扔进迅疾，寒冷，深不可测的

黑暗河流。

_____

① 卡戎（Charon），希腊神话中在冥河上将亡灵渡往冥府的神。

愉快的终结

然后他们用力压西瓜

听它裂开

然后他们撑得肚皮都快胀破

然后那只鸟唱起来哦如此甜美

这时他们坐下来又抓又挠毫无恶意

好啊我说因为就在这时

瘸子们开始在桌上跳舞

那天晚上我遇见一个天使模样的

她问你有伴儿吗

这时我正拉开她衣服的拉链

她们一大帮人

已经爬到天花板上

她们被称为恋人用牙齿

咬住玫瑰当春天

在敞开的窗外登场

就连一根用来揍孩子的棍子

也在弯弯绕绕的小路边开花

预感告诉我跟上它

一堵墙

那是找到的
仅有的图像。

一堵墙，孤孤单单，
可怜地亮着灯，招呼人过去，
但绝对不是房子，
甚至算不上为何我
记住的如此少，如此清晰
的一种提示：

我正在观察的苍蝇，
它那翅膀的细节
绿松石般闪光。
我兴致盎然看着
它的脚，追赶一道
刹那的裂缝——
永生
紧挨着纯朴的小事。

再没别的；没有任何地方
可以返回；

就我所知

也没有哪个人出来证实。

极限

深夜里，无数阴沉沉窗口中的一扇

传出孩子的哭喊

响彻大街。

你已司空见惯，

把它当成生活的一部分。

就像你怀着同样的忧虑

就着桌灯的光

打开的这本天文学书，

和怪鸟般投在墙上的你的身影。

一个不寐的证人在这扩展着的

无限的底部，

在这一瞬，与它虚妄空间里的

一切同在，

怀着希望在深夜倾听

一个孩子哭泣，

他还要再哭一会儿。

移动的屠场

丢勒，我喜欢你那匹马。
我藏在它肚子里度过童年。
那骑士就像
出狱那天的我父亲。

红发姑娘玛丽亚走过去
不睬我们。骑士说，
夜里我从床上爬起来，看桌子还是不是桌子。
他说，一闭上眼睛一切都他妈那么可爱。

我们在古老的陋巷里混。
我看见一只狗，一头山羊，没看见死亡。
一定是晚秋凄凉微风吹拂的一天。
马儿用尾巴挑起他的裤子。

玛丽亚光着身子，对着镜子吃苹果。
他说，我爱滑到乳头上的秀发它该是金色的。
他说，我们是移动的屠场。
哦，可怜的马儿，他让我吃他的心脏！

大头针钉住的眼睛

死神干了多少活啊，

谁都不知道他度过了

多漫长的一天。娇小的

妻总是独自

熨着死神那浆洗好的衣服。

美丽的女儿们

在布置死神的晚餐桌。

邻居在后院

玩皮纳克尔牌戏①，

要么就坐在台阶上

喝啤酒。这时，

死神在城市特殊

部位寻找一个

咳得厉害的人，

地址搞错了，

连死神也无法在那些上了锁的

门中间认清方位……

何况又下雨了。

———————

① 皮纳克尔（pinochle），一种牌戏，使用 9 点以上的牌，两副共 48 张。

前方是起风的漫漫长夜，
死神连张遮盖脑袋的
报纸都没有，甚至没有
一毛钱给那个憔悴的，
慢吞吞脱下衣服，昏昏欲睡，
赤条条在床板的死亡一侧
摊开肢体的人打个电话。

夜间的树

把灯灭了
为了更好地倾听它们

为了从白桦树的
叶子中分辨出
桦树的
叶子。

它们都将
离得更近,
都会碰到我。

逃出火焰的
鸟儿的形象,
风暴攫获的

救生艇的形象。

那些睡觉时
从来不做梦的人发出的声音。

正被它们
抓住。
正被敏捷地抓住，
正被抓走，陷入
悲苦。

也会像飞蛾
准时地
轻扣纱窗。

一阵思想的风暴。
夜的墨汁

底部的残渣
沸腾，沉下去。

树枝向着
听不见的事物的
边界弯曲。

一阵延长的寂静
提醒我
把门锁上。

清晰。
比如，我脊椎的桅杆，
死亡在上边绑了一块
飘动的手帕。

风却对它
大惊小怪。

欧儿里得道

我所有黑暗的思想
都暴露在
一条直线上。

在一条抽象的大街上
一种同样抽象的知识
永远在推进，一边怀疑
自己的脚步声。

无尽的行列。
语言
古老如雨水。
算命先生滔滔不绝

它就从那儿开始，
它的阴沟，它的躯体，
有一种我常常忆念的
草茎的味道。

一种没有森林的黑暗。
一种乌鸦的光但是没有乌鸦。
辉煌的旅店
由于黑夜全都上了锁。

而外边，
能看到最远的面包店
街灯让我
害了失眠症。

一个像无限
一样著名的地方
古老的自我朝着它
进发。

可怜父母的可怜儿子
渴望在深夜
娱乐一下。

魔力的硬币
在他口袋里

占据他全部的心思。

一个像无限

一样著名的地方，

它的铁丝网门尖叫，

无休止地尖叫。

囚犯

他正惦着我们。
树叶，慵懒的沙沙声
让我们午餐后昏昏欲睡
只好躺下。

他琢磨我的手正在摸她的乳房，
她合上的眼睑，她湿润的唇
正压住我的额头，而树木的阴影
在天花板上飞翔。

持续了这么久。他无法
断定还有什么。
始终怀疑
我们根本不存在。

次要的局面

当你从未
注意的某人
在空荡荡的影院里站起来
身影投在
银幕上神话般的
骑手中间

你浑身战栗
当你知道只有你
走在
通往阳光刺目的大街的
路上。

里边很多拐杖的风景

这么多拐杖，现在就连日光

都需要一根，就连烟也需要在它

上升时。而那些简陋的小木屋——

每位顾客一间——他们排成纵队

费尽周折出发，

我是说，千辛万苦……

而他们身后一棵棵树将会绊倒，

而蚂蚁拄着它们的玩具拐杖，

而风乘着它的鬼拐杖。

在这里我休想安宁：

面包有了人造假肢，

无头玩偶坐进轮椅，

而我妈，听着，她蹲着

撒尿用两把小刀当拐杖。

传票

法官们在集合的人群中登场
穿着豪华的袍子。
那位长着羔羊脑袋的是我的，
而他那羔羊喉咙刚刚割开的那位
颧骨压住我的传票。
撒了一半盐，烤得半熟的那位
眼里嘴里塞满迷迭香。
老审判室里，今天他主持，

巨大的旧址，屋顶损毁
所以你能看到天空。乌云和白雪
在空荡荡的巨大空间里疾飞
我们在上边讲话，

我们在上边声明我们同样无罪，
一片片无声的飞雪是我们的证人，
年迈的清洁女工把雪扫掉，
她熟稔每一片雪花的痛苦和姓名。

童谣

小猪去市场买东西。
历史的需要。我喜欢朗诵
你宁愿在黑板上写。
跳背和打弹子游戏。

他们全都大脑袋短鼻子。
可爱的下午。行刑队。
一条街道负了重伤所以能继续乞讨。
永恒的循环和它的垃圾堆。

你们听从你们的号令,我们听从我们的。
士兵的手轻柔。绿草地。
打鼾的人做美梦。
我们的天国之父爱我们。

剃头匠说,一头猪长了金牙。
河岸柳树成排。
现在某人踹他让他快点。
绞索啊,给绞索喝点牛奶。

我得马上再来一支烟。

一次死刑。老结婚照。

我看见一个污点，一处霉斑，粗糙，正在缩小，

我们的生命慢吞吞跟在后边。

动物行为

一头熊用银调羹进食。
两只类人猿是高超的掘墓人。
老鼠们会演算。
一头警犬与一个女人交媾，
而她判断殡仪员的性格。

他忍受臭虫，他对自己的存在
疑惑不解。神奇的
鸽子发笑。千年海龟
玩台球。割喉自杀的
小鸡，流血。

驯兽员带上方糖，
椅子和鞭子。许多个晚上
他们挤在一个笼子里，
抽廉价雪茄，懒洋洋
在新纸牌上做记号。

选自《标准交谊舞》（1980）

初小班学生

这孩子在灰烬中玩耍
灰头土脸

他们喊他回家,
他们在灰烬上空喊他的名字,

只有一堆灰烬
回应。

一小堆灰,他们说,
这儿是另一堆,留着当晚餐,

好让你昏昏欲睡,
好让你变得强壮。

造成阴暗思想的学校

在黎明，
小家伙，
我能感觉到你背在身上的那些课本的
重量。

无名的孩子啊，
我无法从
结冰的运动场上
那一大群人中认出你。

单纯的孩子，
空荡荡的教室里
石灰粉刷的墙上
摆放着尺子和黑板擦。

很多窗户
很多黑板，
只有紧闭双眼
才能将它们看透。

梦的王国

我那梦之书的第一页
被占领的国家，
永远是茫茫黑夜。
宵禁前的时光。
一座外省小城。
房子全都黑着灯。
沿街铺面无一幸免。

现在我待在街角，
这不是我该出现的地方。
独自一人，没穿外套，
我跑出来是要找
一条回应我口哨的黑狗。
我有一顶万圣节面具，
我不敢戴。

天才

我是伏在
棋盘上长大的。

我喜欢残局这个词儿。

那会儿我那些表哥全都忧心忡忡。

那是一间小屋，
靠近一处罗马人坟场。
飞机坦克
震动了窗玻璃。

一位退休天文学教授
向我传授棋艺。

肯定是 1944。

我们正下的这一盘，
彩棋差不多吃光了
黑子。

白色的王不见了
只好用别的代替。

我听人说过可又不信
那年夏天我亲眼目睹
男人们吊死在电线杆上。

我记得母亲
死死蒙住我眼睛。
她有办法猛地把我脑袋
藏到她大衣下边。

教授对我说，下棋也有这种情况，
大师蒙住眼睛跟人交手，
那些最了不起的同时在
几个棋盘上与人过招。

隔壁的低语

比如那个医院里的理发师，
他为中风的受害者刮脸，
为穿紧身衣的精神病人修面，
连镜子都不给人家，

他是鳏夫，家里养着
一条狗，廉价小店买来的一只金丝雀……
吃罐装冷豌豆，
用汤匙刮罐头底……

说：今天谁都没看到我，
上帝啊，我也没看到
一个鬼影，当我弯着腰，一门心思
摆弄剃刀，我连我自己都没看到。

残废

人人只有一条腿。
要转圈子太难了，
要爬梯子太难了，
如果我们没有拐杖。

人人只有一条胳膊。无法灵巧地
搂住爱人，
无法切开桌上的面包，
无法飞快地穿上外套。

我该提到我们几乎瞎了，
耳朵也背。
呆在街上，夹在饱受折磨的
人群中很危险。

只差一点儿记忆就会出错。
我们温顺地听任自己在无尽的
黄昏被转移——
用皮带牵着睁眼瞎的导盲犬。

处处是广袤的寂静，

伴着光秃秃的树，
雨下得不痛快，
这么密，又停了。

航海者

我求克里斯托弗·哥伦布现身。
在狼的时辰，
他冲出晦暗
看上去有点儿像我父亲。

这次特殊的旅程，
他什么也没发现。
我交给他的大海漫无际涯，
而航船——是一只打开的箱子。

他完全迷失方向。我忘了提供星辰。
坐在黑暗中，拿着酒瓶。
他唱起童年歌谣。

歌中，黎明刚刚到来。
一个赤脚姑娘
从湿漉漉的青草上走过
去采薄荷。

然后什么都没了——
只有大风刺耳地掠过

仿佛它想起了

它要去哪里，它一向在哪里。

绳子捆住的皮箱

给吉姆

他们把自己缩到这么小
小得全都可以钻进箱子。
箱子，藏在床下，
床，靠近打开的窗户。

黑暗中他们挤成一团
这时母亲喊他们的名字
好确认谁也没落下。
她的声音让他们温暖，瞌睡。

他想出去玩。
请求放他出去。
他们让他安静。
就在这时箱子上路了。

除非它是一个贼
而他认识另一条逃生之路，
很快边境哨兵就要过来
打开箱子搜查。

玩具厂

我妈在这儿工作，
我爸也在这儿工作。

现在是夜班。
在装配线上。
他们给玩具上发条
看它们能不能动起来。

七人一组的
行刑队
抬起来复枪瞄准，
又迅速把枪放低。

一个玩具被射中
倒下又站起，
倒下又站起。
他的眼罩刚刚画好。

玩具掘墓人
别卖命。
他们的铁锹沉着呢，

他们的铁锹太沉了。

也许人们认为
就该这样?

门缝塞进的便条

我看见一扇高高的窗户被午后
的阳光刺瞎。

我看见一块毛巾
挂在厨房
落满黑指印。

我看见一棵老苹果树，
披着风的披肩，
孤独地，一寸寸地
走向贫瘠的山丘。

我看见一张没铺的床
感觉到被子的寒气。

我看见一只苍蝇泡在刚刚
降临的黑夜的水沟里
望着我因为它无法逃脱。

我看见那些来自
紫色远方的石头
胡乱地堆在门前。

十二月的树

黑暗的树林，我将自己奉献给
你的巨匠。在一片开垦地上
他们打量我，他们不慌不忙。
这些人安安静静，高大，憔悴，

是季节造成的。彬彬有礼
手举得老高，我像一匹马那样站着，
在铁匠铺钉马掌。
十二月末雾蒙蒙的阳光洒遍我们全身。

逼近的黄昏吼叫，
白桦树穿上围裙
伸出枝干去抓
打了夜霜的黝黑马镫。

杂货店

有些人，也许所有人，不知道如何
经营小店
让它每天晚上
还有礼拜天全天照常营业

他们卖的玩意儿一半
会把你害死
另一半
让你回头买得更多

太便宜啦所以没法点灯
很难说清到底什么玩意儿
他们已经摆上柜台
那就是你正掏腰包去买的东西

初冬黄昏一杆铜秤
难以觉察的颤动
带来全部的寒战
全部的隆重

其中一个秤盘

用来放他们的内脏

另一个放你的——

你的重一些。

标准交谊舞

这些扭断小鸡脖子
的老祖母；这些名叫
特蕾莎，玛丽安，拉开
斗殴学童的嬷嬷；

正在算计事发现场
这群怪人的扒手们迈着
错综的步伐；身上挂着广告牌
的福音派教徒拖着脚慢慢走；

大清早跑来的顾客
透过当铺格子窗张望
犹犹豫豫；东摇西晃的小孩
闭着眼睛去上学；

而年迈的情侣们，脸贴脸，
在学生俱乐部会堂舞厅里，
那儿，他们也在永恒的十一月
下雨的礼拜一晚上举办慈善抽奖活动。

严酷地带

大脑在头盖骨里

很冷，

听从阿尔贝图斯·马格努斯的①

指令。

按宇宙的比例，有些东西

像绵延的冻土。

银河系的风。

远方高耸的冰山。

北极之夜。

大冰困住的巨型海轮。

几盏灯依稀在甲板上闪烁。

寂静，难忍的寒冷。

---

① 阿尔贝图斯·马格努斯（Albertus Magnus, 1200?—1280），德国经院哲学家、神学家，用亚里士多德学说解释神学，谓科学即信仰的准备和先导，代表作《亚里士多德哲学注疏》，通称 Albert the Great。

和平天国

看守我的鸟儿
在苹果树
开花的枝干上
昏睡。

一个怪男人
为一只燕八哥
在道路的
车辙里搜集石子。

成片柳树中：
水
在它决心成为水
之前。

我姐姐说喝了那种水
我会死……
这就是心跳的原因：
为了唤醒水。

林中鸟

是它！是它！
无名鸟叫着，

另一只应答，
同样的语气，

没识别出那股力量：
某种动物，某种生灵。

它们小心翼翼，
毫无疑问。

阴沉沉的密林里，
可怜这无名的……

一根最柔弱的嫩枝，
然后是嫩枝的末梢
从那儿发出了叫声……

它看着像它，
行事像它，

而谁将开口说话？

那个它
　　有块叉
那个它
　　有块叉骨

深深地，深深地
卡在我们喉咙里

正因为那东西众鸟才会
尖叫……

在附近，
在恐怖的

附近……

那模糊，隐匿的
森林。

迷途者的森林，

最幽深的森林，

嵌入灵魂的我们欲望的

斑斓对象。

一个从令人眩晕的

树枝上喊出的名字。

隐秘地公布的隐秘的

名字。

当然，要仔细听。

◇

在屋檐和树叶旁……

多像

告别。

多像圣方济各①

―――――――――

① 圣方济各（Francis of Assisi, Saint, 1181?—1226），天主教方
济各会及方济各女修会创始人，意大利主保圣人，规定修士恪守苦修，
麻衣赤足，步行各地宣传"清贫福音"。

所说：

小兄弟，
小姐妹。

最后的二分音符，
断成两截的嫩枝。

我很担心，
他们很担心

让它就那样
在那儿。

医师

超级公路下边
破败的房屋里，
住了一位医师
他不信自己有什么本事。

一个大肚皮老人，
长了双小姑娘的手
就诊的间歇里
剪指甲，小心翼翼。

门厅过道里
许多轮椅，楼梯上
传来拖得长长的嗥叫，
是他母亲用皮带牵着的白痴。

怒气何来

圣母赤脚走在
密布的地雷中间。
怀里抱着一个
嗥得像婴儿的老人。

地球是一个古老民族的家园。
犹大是夜间护理,
往约旦河倒尿盆,
用狗链子拴住人。

这老人两根树桩当腿用。
圣彼得推着一辆
装满飞毯的手推车。
不是飞毯。

是一堆血迹斑斑的尿片。
占星家站在周围
用刺刀清理他们的指甲。
老人给小马格德琳①

① 马格德琳（Mary Magdalene），改邪归正的妇女或悔改的妓女。

一块镜子的碎片。

她藏在教堂外屋里。

渴了她就舔

镜子上的水汽。

还剩一个约瑟。可怜的约瑟，

赤条条挂在雪地里。

他只有一只老鼠

帮他装箱。

老鼠不会跑进洞里。

哪怕一盏盏灯亮起来——

一盏盏灯亮起来了：

监视塔的强力照明。

选自《乌托邦和附近地区天气预报》

（1967—1982）

历史书

一个孩子在喧闹的大街上
发现了那些散页。
不再拍皮球，
他去追纸片。

它们在他手中颤抖
滑落。
他只瞥见
一些日期，一个名字。

到了郊区，风
对它们没兴趣了。
有几页从老铁路桥那儿
栽入河中

他们就是在那儿淹死小猫，
驳船也是从那儿开过，
就是那艘他们命名为"胜利号"的
船上有个跛子在挥手。

重压

我真想看见它
当它
在我们肩上
放下它的肥脚。

哦上帝！浸礼会的
合唱就是那么唱的，
而树木恭顺地俯伏，
全都一致了。

礼拜天晚上做礼拜
它想让全体教徒
跪下，叹气
亲地板，

然后，
在它的重压下歪歪倒倒，
如负重的牲口，
踏着新雪回家。

北方

这时老妇人说，空气里有雪的味道，
一阵难以听见的低语
唤醒楼上的病人
他睁大眼睛让它们盈满

白昼残余的灰光。
这时老妇人说，多安静啊，
今天真的无人光顾，
这时他们仍未给他刮掉胡子的那位

把手表凑到耳边。
里边，一个小东西隐蔽又可怕，
飞快地咀嚼，专心致志。
这时老妇人说，该点灯了，

不止一个人起床做这件事，
因为此刻很多窥孔，脚边许多打开的绳结
仿佛某人正用炉膛里找到的一块
冰冷的木炭在他们身上涂抹。

冬夜

教堂是一座冰山。

起风了，今夜这风定会从银河的果园
从哥白尼学说的墓穴和墓碑
那儿刮出来。

发疯的弗兰肯斯坦博士造出的怪物
远航去找新大陆，
毁了新汉普夏尔那样一些地方。

的确，它只是地方上的酒鬼，
用雪铲打门，
想进来取暖。

一座冰山，书上说，是一块大冰
从冰川上崩下来，漂流。

寒气

仿佛在一种全神贯注的
智力面前。我想，
我，已被天空和大地
细察，丈量，

然后被演算，进入
笔记本的一页，若不是淡淡的
分行线——也许它们一直
是障碍，它就是清洁的空白页

我一直向着它走啊走，
天更黑了，然后就有
一两盏灯隐隐约约
在高空，在我巨大的监牢上边。

秋日

灰暗得像那个双手

插进口袋萎靡不振的

家伙在布满沙砾的路上

越来越模糊精瘦的双脚

离开活动住屋他们中

最生机勃勃的家伙如今

穷愁潦倒他离开了

没说"再见"就离开了

因为所有美丽的沙丘

堆在半月形沙漠上

那儿有条移动的路

沿着这条路晚秋的

光变成颗粒状

犹如可怜的视野布满沙砾

一个妇人的灰被单

灰后背混合着她

灰白的头发在墙上

报废的挂钟下边

因为真理灰白

赤裸的真相目光呆滞

向外凝望

雨水弄脏野草堵塞垂死的

磨坊镇的一个个郊区

她的老母亲在那儿

不停地把最后一点儿小钱

交给某人他戴着

废报纸叠成的帽子

布满尿痕的剧院

大厅外边每逢周六

晚上都有现场摔跤表演

牙齿锉得剃刀般锋利

狮子咆哮疯狗乱咬

还有你听说只有中国才有的苦力

但现在一切都像哑巴的煤渣

残忍又真挚

愚昧而无知

我难以读懂却坚信不疑

老夫妇

他们等着被屠杀
或驱逐。很快
他们等着断炊。
据我所知，他们从不出门。

他们想，险恶的痛苦来了。
它将起自大脑，
扩散到内脏。
他们将哀嚎着，被担架抬走。

其间，他们从五楼自家
窗户察看大街。
下过雨了。好像
还要下点儿雪。

我看见他起床放下遮光帘。
我知道，要是他们的窗户一直黑着，
那是因为她打算开灯时，
他把她的手按住了。

冰冷的蓝色调

红脸耶稣

拇指钉在

冰冷的煤油炉上，

那男孩坐在肥皂泡直冒

好让小黑猫去抓的

尿壶上。

非常宁静，只是

隔壁传来

模糊的呻吟。

他妈妈想要

更多镇静剂，

没人理会。

肥皂泡安安静静，

小猫昏昏欲睡。

他所有兄弟姐妹

都淹死了。

他将长命百岁，却要为

面包师和殡仪员

去抓耗子。

神秘主义作品

柜台上，许多减价书
里边，
那孤本你必须立即
占有，它让你
心跳加速

你傻乎乎咧嘴笑等着
找零钱
这笑容你会带到街上
然后，经过那个看着你
给自己擦鞋的女房东，

然后，到了出租屋
隔壁住着一位
夜总会女招待
在剃大腿汗毛，
门半掩，

你翻到第一页，
说的是熟悉，乏味的事物中
一种高级生命

的预感……

在眨眼就要坍塌的屋子里，
突然安静下来，阴森森……
你不得不低声报出自己的名字，
说出隐士的暗语，

晚餐肯定早就吃过了，
他们飞快地吃掉的东西
令人满意所以你那一小份
喂了三条腿的狗。

擦窗工

脚手架刺耳的声音再次
升到那儿，——我们全部心思集中于此：
头晕目眩，吊在
一根皮带上，

二十层高处
十一月末的寒气中
擦掉窗玻璃上的
尘垢，许多窗户

没法打开，
色泽斑斓的窗户反射
骑士雕像般的云朵，
反射冲着阴暗的办公室

高举马刀的解放者的幽灵，
他们那无名的大军
惊人地扭曲了
今天的一文不值的劳动。

游戏

一个扮演掘墓人的孩子。

黄桶和塑料铲

放在绿草地上。

夜晚降临。

巨大的云朵涌来。

弯着腰

他看上去的确很忙……

飞翔的地球的黑暗潮湿的泥土。

现在她们该把他叫回来：

红发女孩在鸡舍里；

她姐姐在盐渍地。

绞刑程序

我们无比伟大
神圣的老祖母们
常常坐在
绞刑架下织东西。

谁都不知道她们
织什么
不知道纱团从她们
膝盖上滚出去只好
捡回来时发生了什么。

有人描述了戴头罩的刽子手
和打断他们残忍的工作
好让他们飞快完成任务的
面色苍白的牺牲者。

坚定的悲观主义者
和社交场合令人扫兴的家伙
绝对拒绝
绞刑程序的
反常意图。

宁静的仲夏

阿里阿德涅①的鸟儿，

孤独的

北美夜鹰。

一团偷偷摸摸

散开的黄昏的丝线。

茶色丝线，

阴冷，末端粉红。

一只爪子，两只爪子，也去

削，剪断……

然后它静静地坐着

向小溪解释为何它抖得

这么厉害。

            接着又向前，

走走停停，

停在谷仓旁

———————

①　阿里阿德涅（Ariadne），希腊神话中国王弥诺斯（Minos）的
女儿，她将一个线团交给情人忒修斯（Theseus），帮助他走出迷宫。

147

最初的星辰在那儿——
加引号，
一如从前——哦幽灵

之鸟！
梦见我自己的谜语
和迷宫。

安宁的树

纪念 M. N

全在颤抖，
亲爱的朋友。

是为了我
你们才安静？

没有沙沙作响
提醒我——

静静地，治疗
在每一张

面孔上散播
深深的阴影。

这么多树叶，
这会儿，没有一片
摆动。

这么多已变成
舌头的形状，
舌尖的形状。

哦，另一年夏天的
晚风中
树木的甜言蜜语。

蜜语，仿佛高高的
沥青色天空
猝然降下的雨滴
沙沙响。

高耸的树啊，
当链锯伐倒
你们中的一棵
你们会战栗吗？

即使你们缄口不语
能让本该抗辩
却在脖子上套了绞索
吊在高高天空的那位

感到安慰吗？

◇

原谅我，

因为我很容易
做出这种推测——

在获得安宁
向身处他们自己薄暮之寂静

的耳语大师窃窃私语以前，
你们像我一样焦灼不安。

男人

我隔壁住着一位
电力公司雇员
他的工作是
点亮街灯。

天马上要黑了，
他晚了，太晚了——
不管是谁，脑子里都会
惦着不相干的事情。

据我们所知，
没准他正在街上闲逛，
手插在口袋里，
撞到我们中的某人。

抱歉，诸如此类的话……
站在这儿，在街角，
吸着烟草，嘀嘀咕咕。
一边盯着某个小妞。

选自《严峻》（1982）

注脚

学校上演
圣诞剧，
一只耗子
冲上舞台。
圣母玛利亚一声尖叫
把圣婴摔在
约瑟身旁。
三博士
在彩袍里
冻僵。
冲向舞台以前
那耗子
飞快地俯瞰一眼马槽
你能听见大头针掉在地上的声音
有人揍他，
揍得认真，
一下，两下，三下，
用一个重家伙。

与大师在一起的一夜

用一声微弱的鸟鸣
他将我的灵魂哄出囚笼，
让它栖落在他肩头，
吃他抛出的东西：
我的眼睛看着它的晚餐
看着它为这夜宵
而欢欣
充满了惊恐。

他用棍子和皮手套
教它用爪子复制
我的长年痛苦的
脊椎的阴郁书法，
那只应出现在我脑海中的迷宫，
我音符般的脚印。

一个灵魂，戴着鹰隼头罩，
俯身在学校阴郁地
发出刺耳声音的，流血的石板上
在它任人书写的时候。

落满死蝇的汤匙

我惹得母亲没完没了担惊受怕。
总有一天我的身体会和野草一起蔓延。
我的脑袋将被屠场的蚂蚁搬走，
食肉的蚂蚁，系着血围裙。

哦，圣人，你的传奇中没有这个！
很多年她在一家小卖部干活：
欢乐的门铃，假胡须和死苍蝇
为了在来来往往的顾客中找人说说话。

一间小守护神那儿租来的屋子。
一个空鸟笼和一个为客人磨咖啡的磨子。
手工操作的东西，为她秘密的守护天使
磨一会儿，磨碎乏味的光阴。

我并非信徒——
她也不是，所以她忧心忡忡，
过马路时盯着左右两边，
在虚无和虚无交汇的两股狂风中。

历史

灰色世纪的
灰色夜晚，
我吃了个苹果
谁也没看见。

小小的，酸酸的，
林火颜色的苹果
我先在袖子上
擦了擦。

然后尽力
伸开双腿，
自言自语
现在，为何不在晚间

世界新闻
和天气预报之前闭上眼睛。

草稿

著名的虐待者出门散步
看见雪地上伫立着一位
穿婚纱的可爱姑娘
那婚纱，是你遭冷落时拾掇出来的

你是令人惊恐的著名的虐待者
我求你饶我情人一命
他关在你最黑暗的监牢里
我愿意嫁给他。

我不会归还你的新郎
今夜他必将受到
我的私刑
你可以来帮他哀叹厄运

她留在老地方
夜晚寒冷，漫长，
屠场那边狗一样的生灵嗥叫
接着又是下雪。

严格的田园诗

给马克和朱尔斯

这甜美的羊群，这草场，
以它们的哞哞营造出加倍的甜美？
这位就是著名的携带说明书和服务指南
前来的上了发条的机器牧羊人？

一定是普通的白羊毛，
漂白上浆后变得完美
我们想为首次圣餐合影摆姿势，
肮脏的羊角不会拍进去。

我开始想，也许这是
天使繁殖学会的
千年公司野餐（耗费昂贵）
几条大型黑犬是特殊嘉宾。

这些狗用来做男招待女招待。
不读忒奥克里托斯①的时候，

---

① 忒奥克里托斯（Theocritus，BC310?—250?），古希腊诗人，始创田园诗，在他的三十首田园诗中以《泰尔西斯》最著名，对罗马诗人维吉尔及后来的田园文学有很大影响。

它们研究规则，

严苛的恰当举止，

或在狄奥多拉①靠近时

摇尾巴。也许它是狄奥多西一世②？要么是狄奥多里克③？

它们像神一样，当然了。它们做神学阐释。

它们最爱神谱。也爱诸神纷争。

现在它们分发蓝丝带。

哦，人人有份！

加上没出现在这首田园诗里的

大锅，里边煮着臭卷心菜和烂萝卜。

---

① 狄奥多拉（Theodora, 500?—548），拜占庭皇帝查士丁尼一世
（483—565）之妻，马戏演员出身，握有统治实权，曾制定禁止买卖少
女的法律。
② 狄奥多西一世（Theodosius, 346?—395），东罗马皇帝（379—
395）和西罗马皇帝（392—395），立基督教为罗马帝国国教（392），迫
害异教徒，毁坏异教神庙。
③ 狄奥多里克（Theodoric, 454?—526），意大利东哥特王国国王
（471—526），征服意大利（493），维持和平统治33年。

二月

这人摸黑起床
给木炉子生火。

对于摸索着打开
烟道的手来说，铁太冷，
这手会从户外咆哮的
寒风中缩回来。

木柴不再散发森林的气息；
只有一股耗子的味道——
冰河期的死寂中，划火柴的声音
那么大。

火光中你会看见她蹲在那儿；
满脸憔悴，眼睛瞪大；
嘴里念叨着正在火中
烧掉的空洞的头条新闻。

遗产

这是我父亲的灰毯子。
从前他总是躺在下边，看不出是谁。
脑袋和脸埋住，脚丫子
蹬出来，脚趾紧握。

起风的十一月的下午，
屋子冰冷，
阳光也冷，
像此刻——

像一根钢尺
丈量昏睡的人体，
毛毯下的中心位置
就是一张窄床——

一张行军床？哦新兵蛋子，
囚徒！我敢肯定一个压住另一个的脑袋
而地洞里那些灯
通宵亮着。

露萨丽亚

1

一个特别可怜的怪人

回复那条必经灾祸的

大街上的一则征婚广告,

在一个细雨蒙蒙的十一月的下午。

忧愁和她那些小垫布

在一间悬吊着被地铁震得嘎嘎响的

蜘蛛腿枝形吊灯的餐厅里等着。

一杯药茶,里边浮着一根

新娘的睫毛。

手工蛋糕大小颜色都与

大门夹住的小手指一样。

墙上有她祖父的马刀,

还有夜间弥撒结束后死亡天使

在回家路上

抢她钱包的故事。

2

她也看见天使长米迦勒①。

（她谁都没说。）

她为瞎眼的老母亲做晚餐，

用婴儿汤匙喂她。

小小的，破旧的办公室里

她用剃刀削铅笔，

把数字记入骗子的分类总账。

然后想念奥莱利先生。

像一个孤单的顾客在一条有许多宏伟

殡仪馆的大街上一间理发室里，等着

一个长了某人眼睛的新郎，

他一直在剥洋葱，

而那是不可能的

因为他在这间老理发室里

——除了那些镜子，它空空如也。

3

露萨丽亚和她母亲搬走了

谁也不知道去了哪儿，为什么。

----

① 天使长米迦勒（Archangel Michael），《圣经》中的天使长之一，曾率领他的使者与魔鬼撒旦战斗。

他们指点我去意大利面包店怎么走。

玻璃眼球的面包师说，我的蛋糕，

像古老风情的中国玩偶的面孔和酒窝。

接着，我又去了殡仪员那儿。

我们从阿拉伯半岛进口枕头和流苏。

我们也出售别的物种的明信片——

我这就，我正和几个塔罗牌讲师交谈，

穿高跟鞋的奥尔伽夫人和艾斯美拉尔达夫人

在一个刮风的晚上，临街教堂外边。

圣像受到逃脱审判的逃亡者的热爱。

哦，长号，哦，铃鼓！

雪花为露萨丽亚·丽西落下，

无数灯烟般的雪花！

虔诚

一件朴素的黑棉衣
挂在衣架上
在空空的橱柜里，
半掩的柜门冲着灯。

睁开眼睛，
你就会看见它轻轻晃动，
在不知何方吹来的
穿堂风中颤抖。

也许是你的呼吸吹动它？
遥远的恶意
抵达几英里冻僵的
庄稼茬，石头，和土地。

闭上眼，
你就会看见在大腿那个位置，
一个小小裂口，
看见最黑的线织出的花体字。

严峻

用了
半个
黑面包，
他们做出一个孩子的头。

孩子啊，他们说，
我们没东西做眼睛，
没剩下什么做耳朵
做鼻子。

只有一把刀
在你应该
长嘴巴的地方
拉个细长的口子。

你可以咧嘴笑，
你可以吃，
可以把面包屑
啐到我们脸上。

这样

忧郁魔鬼
最忧郁的
后裔——
我妻子。

我是说，
帕斯卡尔本人
给婚姻颁发的
地狱学家奖。

她依然用膝盖
擦洗
俄国女伯爵的
大理石楼梯。

很久以前在巴黎
时髦的咖啡馆外
她为失业的老爹
捡烟头。

或在"新世界"

赤条条袒裸在冷酷的
医生护士面前
心中满是怨言。

还在干活，把唾沫
蘸湿的黑线的
一头穿进
黯淡的针眼，

每天十二小时。
崇高的女裁缝，
一份重重地压在脊背和
眼窝上的工作。

阴郁的冬日星期天
在夜校课本上
吃力地认出
字母和外文。

小心翼翼折角的书页，
划线的段落，
有关私刑，浑身涂满沥青和羽毛的，
烧死的女巫——

几乎喝完一杯黑咖啡——

街边吉卜赛人坐在
那儿凝望雨水
只是动了动嘴巴。

夜间刮脸

那个等着天亮时被捕的
男子的侧影。
不是今天夜里，就是
明天夜里，要么是以后哪天夜里。

一个个小箱子收拾好了，
妻儿早已送走，
他坐在那儿，兜里
装着烟缸，闹钟，

心想，也许该去刮个脸？
浴室镜子里，他的脸
被昏暗的灯泡照亮，一只眼闭着——
这张脸他根本不愿细心打量——

不管怎样，还没发生，眼下
还有上唇，还有战栗的下巴，长着
亚当那样大喉结的喉咙
可以细心打量。

东欧烹调

当马奎斯·德·萨德诅咒自己——
哦土耳其人昼夜不停
在铁叉上烤我祖宗，
歌德写出《少年维特的烦恼》。

天气阴冷我们咕嘟咕嘟喝着
放了熏肠的浓豌豆汤，
在第二大街，几年前，我看见一匹老马
拉着马车，下等旅馆的床垫高高地堆在车上。

嘴里含满了猪蹄和葡萄酒，
我对波里斯叔叔胡说一气：
"她们握手，在阳伞下叹气，
我们被我们的律师吊死。"

"我在一堆贱人里什么也分不清，"
他说，指的是所有人，
我们和他们：都是杀手帮凶，
散发罪恶气息的施虐者的跟班。

他们又要了一瓶匈牙利葡萄酒

和一些塞了梅脯的汤团，

我们一言不发狼吞虎咽，

而土耳其人继续敲钹，击鼓。

真走运，给我们安排了这位特兰西里瓦亚侍者，

一位脱了法衣的牧师，前舞蹈学校教员，

我们众口一词敬重他的才干

因为结账时他没忘记把牙签算进去。

插曲

有个虫子
在另一个
红苹果上
说：我在。

这事发生在配有
十二把空椅子
的桌子上
一个碎裂的中国托盘里。

苹果的
合法主人
走进厨房
去拿刀。

她一个老太太
很容易忘事儿。
哦，
她咕哝着。

史诗中我厌倦的部分

我喜欢它当

阿喀琉斯

还有他的伙伴帕特罗克鲁斯——

还有鲁莽的赫克托尔——

以及所有的希腊人特洛伊人

被杀害

花花公子

被更老练或不那么

老练地屠杀

最终有了

和平与安宁

（众神短暂地

闭嘴）

人们能听见

一只鸟儿鸣啭

女儿问母亲

能不能去水井那儿

当然啦她能

沿着那条可爱的小径

风儿穿过

橄榄林。

太太们用山羊胡乔装打扮

最老的形而上学（可怜的形而上学！）
全用人工宝石乔装打扮。
我们去溜达，手挽手，大庭广众下接吻，
管它年龄多悬殊。

这会儿还是十九世纪，她轻声说。
我们走在拼刀子的邻人中间
在工业革命崩塌的废墟里。
再远一点，她向我保证
在一家只有她知道的糖果店后边，
顾客们肯定在沉思《精神现象学》。

午夜过去很久了，我的鸽子，我的天使！
我们最好当心点。
街角一帮小无赖
皮夹克上挂着十字架和铁钉。
看上去都像是读过达尔文和疯子帕维洛夫，
正打算跟我们借个火。

乡间投递

爱人，没想到我们在
遥远北方的日子到此为止。
寒冷的蓝天在我们头顶，
弦月像石板上的粉笔印。

这星期它是削减和进一步
将我们熟知的部分抹掉的艺术。
哦，这么多空白要去深思
在黑夜赶到这条从早晨到现在
还没犁过的孤单延展的路上
再次征服我们之前；
连指手套迎着猝然而至
令人眼花缭乱的暴风雪抬起，
但信箱是空的。我不得不一直
摘掉手套伸出手
以确认我们真的住在这里。

奇迹啊！我们掉头
往家走，被同样的燃料点燃
当雪花在初降的
幽暗黄昏里闪烁。

古老的山路

给古迪和马依达·史密斯

苍茫暮色中
来了一群山羊，
两只无力的畜生，无人照应，
颤颤悠悠，花了些时间
在转弯处吃草，
白昼最后的光芒中，
受到一枚断箭的提示，变得机敏

我看见一个金发小姑娘行色匆匆
不知往哪儿走，冲它们鞠躬，
像学校里演完戏谢幕，姿态僵硬，
然后消失，围裙和其他东西，
丢在灌木丛，我坐在
门廊上，目瞪口呆……

山羊的叮叮当当断断续续
越来越模糊，
然后静下来，似乎恰好这时，
轮到北美夜鹰在巨型槭木上
临时接管。

孩子！我想喊出来，

我知道自己天生是个怀疑者。

大猫头鹰

那天早晨我请大庄园主
露面。
他坐在我后院里
一棵枯瘦的小树上。

我大声喊他，
他转动脑袋
盯住我
完全不信任。

我给他看我的腰带，
还有最近
我如何被迫把它勒紧
以对付最后的困境。

他竖起羽毛，
仔细端详空空的木料间，
待售的老式红色雪佛兰。
天哪！他打算溜了。

秋天的空气

很多年前，在中国
他们钻研
吃空气
消除饥饿的可行性。

某偏远省份，
有个穷人
一辈子都在试验
要掌握这门艰难的艺术。
最后，到了营养不良的那天
他召集挨饿的全家。

他最初的措施，
据说，
只是不起眼地一点点升高，
但接着他越过
茅屋和树木，
越过遥远的宫殿，上升。

他在高空飘浮
抓住帽子

在拖着龙尾，

星星点点缀满剃刀的那些风筝中，

在今天一样寒冷

刮风的那天。

中点

一离开 A，

我就开始怀疑它的存在：

它的大街，它吵吵嚷嚷的人群；

它那些驰名的通宵营业的咖啡馆和监狱。

晚餐时间。面包店都在关门：

货架空了，撒了面粉，雪白。

食品商拉下铁格栅。

可爱的年轻妇女在买最后的卡萨巴。

就连我出生的僻静小巷

也变得模糊，昏暗……哦，那些平顶房的屋顶！

床单和衬衫的舰队，

在狂风大作的，猩红的黄昏……

◇

B，我命定了

迟早抵达的地方

_____

① 卡萨巴 (casaba)，即卡萨巴甜瓜，原产地为土耳其卡萨巴。

如今不复存在。为了我的到达

他们正将它匆匆建造，

到那天它将准备停当：

它的大街，它吵吵嚷嚷的人群……

就连我在那儿第一次

伪造父亲签名的校舍也造好了……

启程那天

我就明白

它将与 A 一样

永远消失。

选自《停不下来的布鲁斯》（1986）

薄暮代数学

疯婆子竟然用学校里
的粉笔头在手拉手回家
毫无觉察的两口子
背后画×。

是冬天。天黑了。
她的脸像平时一样裹得严严实实，
鬼鬼祟祟，谁也看不清。
她顶风前行，如翅膀受伤的老鸦。

粉笔肯定是某个孩子给她的。
有人在人群中找他，找啊找，
以为他非常脆弱，非常危险，
口袋里藏着一小块黑石板。

将近黄昏

给唐和简

一桩桩沉重的悲剧事件
压在所有人身上，
就在人们认为符合正宗
希腊观念的悲剧
在我们的时代
不可能完成的时候。

一些临时搭建的支架，
一些临时拼凑的舞台，
台上的次要角色
像难以辨认的小动物，
被前方横扫的
汽车前灯照亮，

在仍在无边的
不见星光的庞大秋夜
踌躇的
昏暗的黄昏。
由于速度太快寒气袭人
某人可能一直在

敞篷车后部
蹲着

某人可能一直边走
边斜眼看着
光秃秃树林形成的
扰人心神的纷纷鬼影——
仿佛它们正要尖叫，
却什么也
说不出来。

消息传开时
某人一直呆在
一座濒临灭绝的工业城
一家昏暗的小杂货店里。

那一刻，某人也许正和一个
在那儿干活，怀胎数月的服务员
一同被收音机吸过去。

飘在空气中的
是血的气味吗，
也许，是别的气味，
更妙——恐惧的气味，
某人在空荡荡街上邂逅的

死亡逼近的恐惧？

电影海报上的怪物
印得醒目。
这时，六个工厂姑娘
手挽手，大笑，
似乎醉了。
无论如何，某人
可能一直是她们中的一个。

她，嘴巴
抹得鲜红，
没来由地
不开心，非常软弱，
所以，说了声"请原谅"就走开了，
据说消失在
出租屋里，
立即上床，
衣服也不脱，仅仅

为了睁眼躺着，
颤抖，也不管盖没盖被子。
天太冷，
她不停地告诫自己
没看见店主

打发狗从前廊
衔回了报纸。

老人从来没精通
阅读，于是
在接近黑夜的
半明半暗中，
念念有词读着
因缺少被赋予古典
高贵灵魂的人物
恐怕难以
称为悲剧的
那天的种种悲剧。

夜间法庭

阁下，您用上等小梳子
格外细心地梳头，
然后，在身披光彩照人的
黑袍入场以前
把梳子机敏地藏起来。

塞进手帕，手帕散发着枯玫瑰
制成的精油的香味——
静悄悄空荡荡的审判室里
您坐在高椅上
严厉地瞪着每一位被告。

留在梳子上的黑卷发
不是您灰白脑袋上的。
某位清洁女工用过那把梳子，
那会儿您在卧室睡觉，
天热，您穿得少。

黑梳子放在紧贴心脏的口袋里，
您觉察到它颤抖，像我们一样
这时他们已准备好亲热

在它看来，只缺您闭上眼睛

在上边签字的那份文件。

初霜

这是一年中神秘主义者的时刻。
十月的天空，巨大神秘的云。
永恒的路程召唤。
卑微事物中的征兆和哑谜。

鞋匠师傅雅各布·波衣米
整个早晨坐在我们家厨房。
喝茶，警告说默默无言者危险，
聪明人碰到他们，得约束自己。

年轻的妇人没在意。
秀发搭在眼睛上，
乳房在晨衣里，松弛，潮湿，
执拗地擦着难以去除的污渍。

一阵狗吠将大家引到户外，
不是鹅在叫，
是诺威奇的茱莉安①夫人亲口讲述
不可思议的礼仪和造物主的朴实无华。

———————

① 诺威奇的茱莉安（Julian of Norwich，1342—1416），重要的基督教神秘主义者和神学家，她的《神圣之爱的启示》约完成于1395年，是英语世界第一部女性著作。

为了阿米丽亚

照料一座毁于内战的

惊险的乡村大酒店。

我的心是它仅有的侍者。

我的大脑是它的中餐。

这是海边一处狼藉的地方

酒店外一排接送旅客的大巴，车内严重损毁，

猴子和斗鸡住进大舞厅，

盆栽棕榈野蛮生长，直抵天花板。

阿米丽亚被一堆情人和算命者包围，

黄昏时分，远方空旷的海，

无人的漫长海滩，潮水闪光，

她把睫毛和嘴巴画成蓝色……

她求我查账，

看看列宁到底在这儿住过没有，

巴斯特·基顿①，纳撒尼尔·霍桑，

---

① 巴斯特·基顿（Buster Keaton，1895—1966），美国著名演员、导演，默片时代巨星，与卓别林齐名。奥逊·威尔斯认为基顿的《将军号》是电影在喜剧方面取得的最高成就。

明谷的圣伯尔纳①，他们谁专写爱情？

酒店里，一个人伴着无声的音乐跳探戈

那无声像无声电影里一棵棵柏树……

酒店里，孩子们跟想象中的朋友倾吐秘密……

几页重要书信在飞……

但此刻满是镜子的套间喊喊喳喳，

阿米丽亚赤身露体，眼睛盖着黑棉布。

似乎有只苍蝇

叮在她恋人的鹰钩鼻上。

能听到隐约枪声的夜晚，遥远，惬意。

我端着放了苍蝇拍的银托盘赶来。

哦，拌砂软糖！

还有盖住她阴毛的悲剧面具。

---

① 明谷的圣伯尔纳（ST. Bernard of Clairvaux），法国基督教神学家、神秘主义者，明谷隐修院创建人、院长，著有《论恩宠与自由意志》、《致圣殿骑士团书》等。

十月莅临

别人有圣像，
别人有天上的云，
我只有小蚂蚁
用来和世界保持一致。

冬天也许近在眼前，
他孤家寡人
飞快地藏起来。
却无法决定

他数次折回
发现自己
身处一堵无窗
巨大并且空白的墙上。

大片阴沉沉的树木
将一个个迷宫投在他面前，
只为用躲躲闪闪，海潮汹涌
的声音抹掉它们。

反抗侵犯者，无论它是什么

最好无所事事，
尤其在礼拜四，
边喝酒边研究光线：
研究它衰老，发黄变灰
然后在或许正带来初霜的
黑夜的门槛上
陷入漫长犹豫的方式。

这时，身边有个女人很好，
两个更妙。
让她们交头接耳
望着你傻笑。
让她们卷起袖子把衬衫解开一点
因为这美妙古老的黄昏值得回报，

而小小学童
回家进了黑屋子
睁大眼睛看着
大人向他举杯，
头晕的红发女人
双目紧闭，
好像要喊，又像要唱。

允诺的怜悯和宽恕

雨中的孤儿院，

灯光昏暗空无一人的歌剧院，

持续关闭的小偷的集市，

哦，携带云朵造型的夜空！

不可救药的罗曼蒂克与无休止的牢骚满腹结合。

生命被它更美的姐妹生活缠住——

永远，永远……我们只有词语

此外一无所有。葬礼过后，某人

滔滔不绝，或者被妇人赤条条的胳膊抱住，

她掉过头去因为她在哭，

不知怎么了。灵魂出现细如发丝的裂缝

因为路灯倒在光秃秃的树和灌木上。

海水浸黑的礁石如国际象棋选手，不可理喻……

有人冲着它们说起失败……

说起巨著和小小的信念，说起每吃一口面包的忧伤。

云朵上方，无情的 NO 继续漫步。

这妇人微露笑容，撑开伞，

现在下雨了，沙沙响，

那必然在他人生命中沙沙响的雨，

对它我们一无所知除非

有人一直盯着它轻轻落下，

变成煤烟色好让他们想念

正在嬉闹的严肃的孩子，想起昏暗角落里的棉球，

像假发，为无限准备的骇人的假发。

选自《神魔书》（1990）

记忆中的大头针

灰扑扑的商店橱窗里
孩子的礼拜日套装用大头针
钉在裁缝的假人身上。
那商店看上去已歇业多年。

有一次我在那儿,
在红砖屋街上,
迷失在礼拜天的那种宁静中,
迷失在礼拜天的那种午后光线里。

你有多喜欢那衣服?
我没跟任何人说。
你有多喜欢那衣服?
今天醒来我又说了一遍。

街道无尽延伸
我始终感觉到那些大头针
在我背后,刺痛
沉甸甸的黑套装。

圣·托马斯·阿奎那

我把自我的一部分到处乱丢

像那些没头脑的人丢了

手套和伞

它们的颜色是悲哀的因为分到太坏的运气。

我在公园长凳上打盹。

它像古埃及艺术品。

我不想激励自己。

我让我长长的影子搭乘夜行列车。

"我们把玩具娃娃给孩子同时也把死亡赋予了他,"

这女人说,她读过朱娜·巴恩斯①。

我们彻夜交头接耳。她去最黑的非洲旅行。

一肚子丛林故事。

我到了纽约,找工作。

下雨了,如挪亚时代。

我在那座伟大城市数不清的门口伫立。

———————

　　① 　朱娜·巴恩斯(Djuna Barnes 1892—1982),美国作家、艺术家,以女同性恋小说《夜林》(1936)著称。

有一次我向一个穿夜礼服的男人要香烟。

他狠狠瞪我一眼，进了火车。

因为"人生来渴求幸福"，

圣·托马斯·阿奎那说的，

他给出上帝存在及其目的不容辩驳的证据，

所以我在服装中心干装卸。

我和一个黑人偷了一位妇女的红礼服。

丝绸的，闪着光。

在一个昏暗的晚上，满怀激情，

我们带上它走过空无一人的长街，

一人拿着一条袖子。

难忍的酷热，逼得许多可怕的人类面孔

从藏身处露出来。

公共图书馆阅览室里

孤独的吊顶风扇有气无力地旋转。

我拿赫尔曼·麦尔维尔的游记当枕头。

我在一艘涨满了帆的鬼船上。

我没在任何地方看到陆地。

大海和海怪让我难以平静。

我跟一位看着圣洁的护士进了医生办公室。

我们侧着身子从眼睛和身子缠了纱布的病人身边走过。

"我是流亡的中世纪哲学家，"
那天夜里我向女房东挑明。
真的，我不再像我自己。
我戴了一副一边镜片上有个
脏蜘蛛般裂缝的眼镜。

整天我都在看电影。
银幕上有个女人一次次走过一座
遭空袭的城市。她穿着军靴。
两条长腿光着。她所在的地方很冷。
她背过身去，而我爱上她。
我渴望在出口处找到战时欧洲。

还没下雪！我遇到的每个人
都携带着一部分我的命运犹如戴着狂欢节面具。
"我是代笔人巴托比，"我告诉意裔服务生。
"我也是，"他回答。
我什么也看不见除了一个个堆满烟头的烟灰缸
人脸苍蝇正忙着检查。

一封信

亲爱的哲学家，我一思考就难过。
你们也这样？
正当我要把牙齿咬进本体，
某个前女友跑过来分了我的心。
"她早就死啦！"我对天大叫。

冰冷的光让我走了那条路。
我看见很多床盖着一模一样的灰毯子。
我看见几个面目狰狞的男子抓住一个赤条条的女人
用水龙里的冷水冲她。
是平息她的紧张，还是惩罚？

我去拜访我朋友鲍勃，他跟我说：
"我们靠战胜形象的诱惑抵达实在。"
我高兴得过了头，直到我明白
如此禁欲对我来说比登天还难。
我逮住自己正往窗外偷看。

鲍勃他爹去遛狗。
他走得痛苦；狗在前边等。
公园里没人，

光秃秃的树木携带无数悲惨的形体

让思考变得吃力。

工厂

机器全报废，操作员也差不多了。
一张孤零零的高背椅立在那儿像宝座
在空荡荡的空间里。
我在地面上把自己安顿得舒舒服服
度过少睡多思的漫漫长夜。

蒸汽管上挂了个空鸟笼。
我在笼中放了一个苹果，一把水果刀。
我在我四周铺上报纸
好让我跳跃时悄无声息。
寂静的夜在它的日记本上奋笔疾书，
像钢笔在涂抹。

像老鼠窸窸窣窣跑来拜访我
我有最高明的见解。
它们双脚站立
仿佛要提出礼貌的请求
请我回答最重要的问题。

陌生的家伙逐个通过。
一个裸体女人爬到椅子上

去够笼子里的苹果。
我在地上看她踮着脚尖走，
她的手像一只鸟在笼中扑腾。

其他的日子里，太阳透过肮脏的窗玻璃偷看
看那会儿几点。但没有钟，
只有水果刀在笼中，镜子般闪光，
还有远处角落里的椅子
某人曾坐在上边直面砖墙。

雪莱

给 M · 福兰

诗人，他散开的诗页鬼魂般疯跑，

他也疯跑，如瘟疫袭击的难民，

纽约的一个

雨夜我用我糟糕的

斯拉夫重音第一次读你，

打开那天一大早我在第四大街

一位刚刚对神秘大师入门的人开的

二手书店里买到的

污渍斑斑的旧诗集

念诵甜美的诗篇。

我差不多花完了那点小钱，

我在街上走，鼻尖贴到书上。

我在一家脏兮兮的咖啡馆坐下

桌上满是去年夏天的死苍蝇。

店主从前是水手

驼背高高隆起

望着雨，望着无人的街道。

他很高兴我进来坐坐，看书，
他用黑如冥河的液体将我的杯子续满。

雪莱提到一位瞎眼，垂死的疯国王；
提到那些无法看见，无法感觉，一无所知的统治者；
提到坟墓，坟墓里也许会出现一个灿烂的幽灵
照亮我们暴风骤雨的时日。

我也想要一个灿烂的幽灵
我去最熟悉的
中餐馆吃晚餐。
餐馆里有位三根手指的侍者
每晚给我端来汤和饭
一声不吭。

我没在那儿看到任何人。
不管前门何时打开，
厨房都被隐隐约约咔哒咔哒响的玻璃珠门帘隔开，
那天夜里前门敞着
放一位戴眼镜的苍白的小姑娘进去。

诗人提到永恒的宇宙
提到万物……提到一个睡梦中访问灵魂的
闪着微光的更遥远的世界……
提到因风暴而挤满了人的孤立的沙漠……

一条条街上满是破伞

看着像阴森的风筝

也许就是这位中国小姑娘做的。

麦克多加尔街上一家家酒吧空了。

有过一场打斗。

一个男人斜靠灯柱张开双臂好像钉在十字架上，

雨把他脸上的血冲走。

灯光昏暗的侧街，

人行道闪光如打烊时舞厅的一面镜子——

一个穿着漂亮的男子光着脚跟我要钱。

他双目放光，得意洋洋

像击剑大师

刚刚刺出致命的一剑。

这一切多古怪……世界的废物

十月那个阴沉沉的夜晚……

我就着沿街铺面灯光研读的

光彩与黑暗同在的

发黄的诗集：

一家家药店，一家家理发店，

担心我那无窗的小屋

冰冷如儿皇帝的坟墓。

订婚

很久以前
我在街上发现
一把钥匙，某人
家里的钥匙，躺在地上，

闪光。丢
钥匙的人
今晚没打算像我一样
想到它。

一座千家万户
黑灯瞎火的大城，
千家万户过道漆黑。
我站在那儿沉思。

前方街道布满
阴影，我手里拿了
钥匙十分
危险。看见一两个

深夜流浪汉，

不慌不忙，阴沉可怖。

他们头顶的天空

一种非人间的透明。

永恒羡嫉

当下这一刻，

想起来了！

这一刻就过去了！

魔鬼

你是"最荒谬的半罗曼蒂克

无政府主义的牺牲品"。

我"在上帝废弃的意义含混

的世界呆着不痛快"。下午我们

喝酒，做爱。邻居

把电视调到肥皂剧。

这郁闷的一对儿很少说话。

说了也有长长的停顿。

轻柔的管风琴。有人咳嗽。

"就像斯特林堡的梦幻剧，"你说。

"什么像?"我问，无人应答。

这时我盯着天花板上的蜘蛛。

就是那种吞噬殉难者的圣女维罗尼卡①。

"那娘们靠蜘蛛维持生命，"

---

① 圣女维罗尼卡（St. Veronica），曾以汗巾为耶稣拭面，其面像
即留于汗巾上。

看门人来修水龙头时我告诉他。

他穿着脏工装裤头戴圆顶礼帽。

他在一家声名狼藉的州立公共机构呆过。

"我不再是耶稣了，"他开心地告诉我们。

现在他只信魔鬼。

"这栋楼里全是鬼，"他透露。

如果有人在浴室里逮住他们

就能看到他们的犄角和尾巴。

"他满脑子中世纪，"你说。

"谁呀?"我问，无人应答。

蜘蛛开始在我们脑袋上方

结网。我们中有人抿了

一口酒。世界一片寂静。

夜间谈话

你不明白的一切
把你变成你。大街上
陌生人琢磨你的目光
被你逮个正着。也许他们是无所不见的
特异功能者？他们明白你不明白的，
像一场怪梦，任你陷入不安。

就连光线也不会一直不变。
而所有的强光来自何方？
还有那气味，仿佛
夜云中漂流的那些屋顶上
干草梗喂养的
神秘生灵。

你什么都不懂！
你爱黄昏时带给你
如此多神秘的人群。
其中总有某位你打算见面
而他为了什么并没有等着你。
也许他们等着你？但不是这儿，朋友。

你应该已经横穿大街，

跟在那位显然发狂的女人屁股后边

她那一长条血红色头发

被天空卷起来犹如一声隐约的呼喊。

白房间

显而易见的事物难以
证实。许多人宁要
深藏不露的东西。我也，一样。
我听树在说什么。

它们有个秘密
原打算
向我公布，
又变卦了。

夏天来了。我那条
街上每棵树都有自己的
山鲁佐德。我的黑夜
是他们原始故事会的

一部分。我们走进
一间间黑屋子，
越来越多的黑屋子，
早已废弃，鸦雀无声。

有人在楼上

双目紧闭。

想着它，惊叹它，

我睡不着了。

真相赤裸，冰冷，

女人说

她总穿白衣服。

她不出门。

太阳照耀活过漫漫长夜

毫发无损的一两样事物，

最简单的事物，

执拗于自己的显而易见。

它们悄无声息。

这就是人们所说的

"完美"的日子。

众神将自己伪装成

手镜？黑发卡？

残缺的梳子？

不！不是那样。

仅仅是他们本来的模样，

不闪光，躺在明亮的

光线中，缄默不语，
而众树等待黑夜。

吓人的玩偶

暗地里历史操练它的
剪刀，
结果万物登场，
全都缺了胳臂少了腿。

如果那就是今天你能
玩一玩的仅有的东西……
这玩偶至少有个脑袋，
嘴唇通红！

木板房排列在空荡荡的街上
像恐怖的展览
一个小姑娘坐在台阶上
穿着绣花睡衣，对它说话。

它像个庄重的东西，
连雨水也想听听它说什么，
于是落在她睫毛上，
让它们闪光。

大战

战争期间，我们玩打仗游戏，
玛格丽特。玩具兵供不应求，
泥巴兵。
铅兵他们熔了做子弹，我猜。

没有任何东西
比泥巴的军团更美！我常常几小时
躺在地上盯着他们的眼睛。
我记得他们惊奇地回望我。

他们一定觉得在一个
嘴上粘着牛奶假胡子
莫名其妙的大块头面前笔挺地
立正太奇怪。

他们准时损坏，要么就是我故意毁掉他们。
他们的肢体里，他们的胸腔里
缠着牵线，脑袋里空空如也！
玛格丽特，我确信。

脑袋里什么都没有……

只有一根手臂，有时是军官的手臂，

从我那聋祖母厨房地板

裂缝里伸出来，挥舞一把军刀。

角落里

一对胖姐妹
开了爿糖果店
昏暗又逼仄
灰扑扑的罐子里
圆圆的硬糖。

我们一直瘦，一直
郁郁寡欢，嚼着口香糖
一边看着男男
女女的鞋
进进出出，

铅镇纸
压住的报纸
在外边哗哗扑扇，
报上触目惊心的大字标题
在我们视线里进进出出。

一个词

是一个孩子说的而他不明白
它的意思。邻居们
跑来听，
门已上锁。谁也没在家里。

如此美好温暖的一天
为的就是在一座陌生城市迷路。
古罗马地图在你口袋里，
也许，是耶路撒冷？

"让他停下，"她说。
我们只看到她晾在窗台上的
一片片血红指甲。
听她说话的那位一直沉默。

无论如何，他只是一个记忆中的形象，
正在某处僻静的屋里生气
那屋子有着独有的忧郁景色。这孩子
你无法把他插入话语。

闹钟零件撒了一地

那么，快！
夜晚降临。
大人快到了。
要挨骂了。

当你在滑轮里
——有些是带齿的，
寻找它的奥秘，
你把时间忘得一干二净。

你打算勾引
门厅对面那位姑娘。
她过来了挨得这么近，
乳房都碰到你耳朵了。

她本该回到家里，
但你反复告诉她
你会再次把闹钟装好
一会儿它就会滴答滴答。

结果你们一起

在桌下，在地上摸。

你们的手颤抖，

而门上插着一把钥匙。

神

你在哆嗦，哦，我的记忆。
你早早出门外套都没穿
就去拜访那些老校长，
残忍的校长和他们的宠物猴。
你在某处转错了弯。
你碰见灰暗日子的大军，
行进中的岁月的幽灵大军。
这是他们喂你的面包，
让你啃一辈子的面包。

你在那条街上，在那间只有
一扇灰扑扑窗户的小小出租屋里
再次找到自己。
窗外下雪，静悄悄，
连着几天下雪，下雪。
你病了，躺在床上。
别人都去上班了。
隔壁的瞎老太，
现在你欢迎她的叹息，她沉重的脚步，
而她在夏天神秘地死去。

你留意自己的心搏。

你处于完美的孤独无名的状态。

人们恐怕要过几个月

才会意识到你不在身边。寒气

让你把被子拉到下巴。

你想起失踪的北极旅行者，

夜里的雪抹去他们的脚印。

你没钱，没工作。

两肺都有病；但，

你想都没想过动动手指

去偷。你是神！

户外，同样阴郁的雪花

仿佛又要无休止地落下。

你研究开裂的墙，

天花板上地图般的水渍，

想把那些城市与河流印在脑海里。

时间在黄昏停止了。

一想起如此强烈的幸福

你就浑身颤抖。

众神

希腊众神雕像
在艺校库房里
我在里边手把手引导帕米拉，
也许是她引导我？
我撩起她的裙子，她轻咬我的耳朵。

一模一样的阿波罗们抓住那些一模一样的
空空的手。可怜的复制品，
我想。它们放在阴沉沉
荒凉大街上一家歇业
商店的橱窗里。

是因为再次睁开眼睛以前
那么长时间我一直闭着眼睛。
已是深夜。灯还亮着，
足以把我们和他们的裸体区别开来。
但我无法判断光源在哪里，
还要亮多久。

两条狗

给查尔斯和霍莉

南方某小城有条老狗
害怕自己的影子。
一个快要瞎了的女人告诉我。
在一个美好的夏日夜晚
当阴影爬出
新汉普夏尔的树林，
一条长街只有一条烦躁的狗
两只肮脏的小鸡，
阳光猛烈照射
无名的南方小城。

我想起 1944 年德国军人列队
经过我们的屋子。
所有人就那样站在人行道上看着他们
从视线里消失，
大地颤抖，死亡经过……
一条小白狗冲上大街
缠住士兵的脚脖子，
它被踢得飞起来好像长了翅膀。
那就是我不停地看见的情景！
黑夜降临。一条狗长了翅膀。

卷心菜

她正要把这棵卷心菜切成
两半，
我让她再想想
告诉她：
"卷心菜象征神秘的爱。"

要么就是一个名叫夏尔·傅立叶①的人说的，
他说过很多神神怪怪不可思议的事情，
背地里大家都说他疯了，

于是我吻了她后颈
轻轻地轻轻地，

于是她猛地一刀
把卷心菜劈成两半。

---

① 夏尔·傅立叶（Charles Fourier，1772—1837），法国空想社会主义者。

天堂

在从前名叫"地狱厨房"的街区，

当城市在仲夏的暑气中热气蒸腾，

人们请乞丐演奏尼禄的提琴；

女理发师自称克里奥佩特拉

在我头上挥动命运的剪刀

威胁要剪掉我的耳朵和鼻子；

一男一女赤身露体

在黎明时分微暗的小街上不停地走。

肯定是做梦，我提醒自己。

好像遇到一对斯芬克司。

我希望他们长了翅膀，有狮子的躯体。

他胸脯上是野蛮的文身，

她有巨大的，晃来晃去的乳房。

这一切发生得那么快，过去了那么久！

你熟悉黎明前那段时间

这时一个人渴望在拖着阴影的

屋里躺在凉席上？

那是陈尸所里并排躺下的

美丽的自杀者们起身

走进第一道晨光的时刻。

廉价旅馆的窗帘飞出窗外，

像一群海鸥，别的事物全都悄无声息……

蒸汽从地铁格栅升起……

冒汗的身体闪光……

疯狂，而你也许还是要说，这是天堂！

选自《失眠旅馆》（1992）

夜间国际象棋

黑桃皇后高高举起

在我父亲愤怒的手里。

城

至少一位钉在所有角落的十字架上。

神秘主义者的眼睛，疯子的眼睛，凶手的眼睛。

他们都知道其实这事儿无缘无故。

眼睛也看到。所有殉道者的痛苦

在游行。我们所有人的崇高圣母

照料人行道上那一堆人，

跟每个人说话仿佛他们是圣婴。

许多人什么也没看见。

一对夫妇使劲亲吻缠绵就在他们身边

有人躺在一张报纸下边。

他流血的双脚肿成两倍，

伸进日子的寒气，

新教义冷酷无情的证据。

我跟你说，我怕。一个男人尖叫

不停地走仿佛什么也没发生。

我追索的所有人的目光都回避我。

我开始跟他有点儿像了？

我对这类问题完全没有答案。

另一个角落里钉在十字架上的那位也没有。

关禁闭

学校，禁闭室，州立孤儿院，
我穿过你们阴暗的过道，
站在最暗的角落
面壁。

杀手坐前排。
疯狂的小奥菲利亚
在黑板上写下日期。
刽子手是我最好的朋友。
他已穿好丧服。

开裂，掉皮的墙
每扇窗户都上了铁栅，
甚至不给被罚单独
留下的男孩
和正戴眼镜的老校长
一盏无罩灯泡。

在那间西晒的房间，
轮到永恒说话，
我们屏息聆听

纵然我们的心
是石头做的。

浪子

阴暗的早晨雨
正要下在
一间禁闭室和一所学校的庭院，
下在
我妈和她的老狗身上。

现在她穿着我爸的礼拜天鞋子，
拖着脚走得多慢。
她身边的狗
每走一步都在抖
而它拼着老命一直走。

我在另一个角落等
我的头剃过了。
心思跳跃如雨中
麻雀。
我总是盯着她担心她。

一切都是一种魔法仪式，
一部神秘电影，
用这种方式几小时后她出现在一扇窗口

把空碗和汤匙

放在桌上，

然后离开，

为了让日子过去，

为了让黑夜落

入空碗，

空房间，空房子，

而雨持续

敲打前门。

失眠旅馆

我喜欢我的小窝

窗户顶着一堵砖墙。

隔壁有架钢琴。

每个月都有几个晚上

一位跛脚老人过来弹奏

"我蔚蓝的天国"。

通常都很安静。

每个房间都有穿厚大衣的蜘蛛

用香烟冒出的烟和幻想织成的

蛛网捕苍蝇。

天太黑，

我无法在刮脸的镜子里看到我的脸。

清晨五点楼上传来光脚走路的声音。

算命的"吉卜赛"，

他的临街店铺在街角，

爱了一夜，他去撒尿。

有一次，是孩子呜咽。

哭声这么近，有那么一会儿

我以为，是我在哭自己。

虎

纪念乔治·奥本①

那年冬天，在圣弗朗西斯科，

一间昏暗的小店

摆满昏沉沉的菩萨。

下午我走进去，

没人出来迎我。

我站在圣贤中间

好像试图读懂他们的思想。

其中一尊巨型石雕。

少数几件有孩子脑袋那么大

身上的色斑是干涸的血色。

还有一些比老鼠小，

似乎在听。

"三月的风，黑色的风，

----

① 乔治·奥本（George Oppen 1908—1984），美国诗人，他的诗集《论许许多多》（Of Being Numerous, 1968）获 1969 年度普利策诗歌奖。1935 年，奥本夫妇开始为美国共产党工作，成为布鲁克林和尤蒂卡两地工人联盟的组织者。1950 年因惧怕联邦调查局迫害逃往墨西哥。

沙砾般的风，"已故诗人写道。

日落时分他那条街空无一人
只有我长长的身影
剪刀般在我面前打开。
那儿是他的屋子就在那儿我说了
那个长得像中国人的
俄国大兵的故事。

他负了伤，躺在我爸床上，
我给他送去水和火柴。
他回赠我一只象牙
小虎。它的嘴巴愤怒地张开，
身上没了虎纹。

我把它的眼睛染成黑色，
舌头染成红色，这时天黑了。
我妈帮我掌灯，
一边担心，不知这畜生会给我们
带来怎样的命运。

黑暗中只剩下我们，
我手中的虎发出微弱的吼叫，
那天下午将耳朵贴在
诗人的门上，我什么也没听到。

"三月的风，黑色的风，

沙砾般的风，"有一次他写道。

云朵聚集

貌似我们想要的生活。
早晨的野草莓和奶油。
每间屋子阳光灿烂。
我和你在一丝不挂的海边漫步。

可是，某些夜晚，我们发现自己
不知道接下来会怎样。
像悲剧演员在失火的剧院里，
一只只鸟儿在我们头顶盘旋，
黝黑的松树古怪地安静，
我们踏上的每块石头都被落日染成血色。

我们回露台喝酒。
为何这总暗示一种不快的结局？
活像人的云
聚集在地平线上，剩下的可爱地
呆在温暖的天空和无人打扰的海上。

黑夜猝然降临，没有星光。
你点起蜡烛，光着身子拿进
我们的卧室然后飞快地吹灭。
黝黑的松树和草木古怪地安静。

民歌

历史的灌肠师傅，
血做的黑香肠，
你们来自同一个村庄
吠月的狗是那儿
唯一的诗人。

◇

哦俄狄浦斯王，哦哈姆雷特，
苍蝇般落在
卷心菜汤锅里，
你用拳头打是没用的，
伸舌头也没用。

◇

基督脸的蜘蛛在墙上
被夜的阴影变得更暗，
在满是野草，白蝴蝶
和白鸡仔的庭院里，
我把童年光阴耗在十字架上。

星空旅馆

百万空无一人的房间里开着电视。

我没在那儿但我什么都看见了。

荧屏上铁达尼号像一块生日蛋糕正在下沉。

夜班店员波塞冬①，将蜡烛一一吹灭。

我们该给那位瞎子服务生多少小费?

凌晨三点无人的穿堂里

镜子刚刚裂开的口香糖投币售货机

是带着婴儿的新圣母。

---

① 波塞冬 (Poseidon)，希腊神话中的海神。

想清楚

我只要一头猪一个天使。
猪用来把鼻子拱进泔水桶，
天使用来给他后背挠痒
在他耳边说些惬意的事情。

猪知道什么给他存着。
给他希望，小天使，
用那种永恒的饲料。
别崇拜你自己
佩着一把杀猪刀
好像它是婊子的镜子，
或者把血迹斑斑的围裙
举在膝盖上边，逗他。

猪不吃了
站在我们中间沉思。
雄鸡的鸡冠
在早晨的黑暗中闪耀。
他没啼叫但眼神凶猛，
他在院子里高视阔步。

罗曼蒂克十四行

无限透明的夜晚——
酒和面包在桌上，
母亲祈祷，
父亲光屁股在床上。

我是那个在房子后边田野上
大步走的皮包骨男孩，
心脏被一把玩具刀割下来？
我是他上方飞翔的乌鸦？

幸福，你是悲伤翻穿的
黑暗冬天大衣的
鲜红衬里。

想起来了这大约是我自己，
和你失眠的长指甲，
哦时间，我翻来覆去不停地琢磨。

古老的世界

给丹和珍妮

我相信灵魂；直到现在
这信念都不怎么起作用。
我想起西西里的一个下午。
某宫殿废墟。
一根根廊柱坍倒在草丛里像赤裸的恋人。

橄榄和奶酪美味可口
酒也一样
我用这酒为降临的夜晚，
箭一般掠过的燕子，
撒拉逊的风和月亮干杯。

天更黑了。远在文字发明以前，
某物早已存在：
牧人的夜餐……
树木间疾驰的白色生灵……
永恒准时窃听。

女神去海中洗澡。
不必有人跟着。

这些岩石，这些柏树，

也许是她的老情人。

哦，加入他们吧，杯中酒向我低语。

乡间集市

给海登·卡拉斯①

要是你没看见那只六条腿的狗，
没关系。
我们看见了通常他都躺在角落里。
多出来的两条腿

人们很快就能习惯
不再想这事儿。
他们多半会想，夜晚太冷太黑，
该出门去集市。

然后牧人扔出一根棍子
那狗用四条腿扑过去追，
另外两条在后边扑腾，
惹得一位姑娘又笑又叫。

她醉了，一直吻她
脖颈的男人也醉了。
狗追到了棍子，回头看我们。
这就是全部的节目。

---

① 海登·卡拉斯（Hayden Carruth, 1921—　），美国诗人。

选自《地狱中的婚礼》（1994）

一伙恶人

就在几天前
熙熙攘攘的街上
你停下来摸口袋
想摸出几个零钱
蓦地发现他们跟着你：

又聋，又瞎，又疯，无家可归，
出于尊敬他们保持距离。
你是我们的皇帝啊！他们欢呼。
首席刽子手！
世上最伟大的驯兽师！

至于你的口袋嘛，
每个都多了一个洞，
他们靠得那么近，
搜遍你全身，
一边把一顶纸叠的王冠戴在你头上。

天堂汽车旅馆

百万人死了；每个都很清白。
我呆在屋里。总统
说起战争像在说魔幻催情药。
我惊呆了，睁大眼睛。
我的面孔在镜中浮现，
像一枚两次盖销的邮票。

我活得很好，但生活可怕。
那天那么多士兵
那么多难民蜂拥在路上。
当然，那只手一碰
他们统统消失。
历史舔着血污的嘴角。

在付费频道，一男一女
如饥似渴吻来吻去扯下
彼此的衣服我冷眼旁观让电视
处于静音状态让屋子黑着
只有荧屏是亮的上边
是太多的红，太多的粉。

亡灵的闹钟

有天夜里我守在闹钟旁。

午夜过后它滴答滴答响得厉害。

很明显，它好像特别害怕。

就像过坟场吹口哨壮胆。

我这么解释。

总之，我跟他说我懂。

有段时间美国千家万户

厨房里都有一座那样的闹钟。

如今工厂的窗玻璃全打碎。

值夜的老工人上了卡隆的船。

我对闹钟说，你停摆那天，

他们藏着备用的小齿轮

会一哄而散

消失在无法找到的地方。

正好想到，我忘了给钟上发条。

我们在黑暗中醒来。

这城市多安静，我说。

像死人的闹钟，妻子说。

墙上的老祖宗，

我听见你童年的雪
飘下来。

解释几件事

每只虫子都是烈士，

每只麻雀都会遭遇不公，

我跟我的猫说的，

因为身边没人。

下雨了。纵然千军万马

蚂蚁又能怎样？

墙上的蟑螂

像空荡荡餐馆里的侍者？

我正去地下室

收拾捕鼠夹抓住的老鼠。

你望着天。

如果天晴，你就在门上挠。

浪漫的风景

一想到光阴飞逝

就伤心，就痛苦。

户外阴霾密布，

犹如你最深的自我。

忧郁的草地，静谧的树，

它们好像怕自己。

有那么一小会儿日落时分天空

因至高的顿悟而绚烂，

很快又消失。悲剧剧场：

流血，连为之哀悼的

众鸟也陷入沉寂。

幽灵，你无处不在又无影无踪，

看护迷途的羔羊

既然上帝的嘴巴

在我们上方张开

哑了的舌头阴郁地动弹。

树叶

恋人们在树木面前
寻欢作乐，
一次次接吻后他们在彼此
怀中寻找消遣，
望着一片片树叶，

它们就那样在最轻微的
风的呼吸中战栗，
它们就那样震动，
几乎各有自己发抖的模样，
其中一片开始晃
其他树叶纹丝不动，
不可理喻，不合情理——

我在说什么？
百万树叶中的一片比所有
树叶更恐惧，
更欢欣？

我在说这棵投下如此
浓密阴影的橡树，

和我那伴着——此刻，隐秘地，
此刻，灿烂地震颤的一片树叶
昏昏欲睡正在合上的眼睑。

流放

我发现火炉
上的煎锅里
我和我的爱
一丝不挂。

剁碎的洋葱
撒在我们头上
害得我们叫起来。
我跟她说，就像
游行中抛撒的五彩纸屑
当某个家伙
登上了月球。

"流放的意思，"
她含含糊糊回答
在我们被煎炸的时候。
"意思是流放！"

读史

给汉斯·马格努斯

有时，在图书馆
读书，
我会被那些
几百年前的死刑犯
和他们的刽子手
瞥一眼。
我用法官宣告判决的方法审视
我面前每一张苍白的脸，都会
对我尚未存在的想法感到震惊。

闭上眼，我能听见
夜鸟的声音。
很快它们就会安静
大地上的最后一夜
将在
满心忧愁中开始。

那些被人领去处死的家伙
他们清晨的天空
多么广袤，阴沉，难以穿透

在我完全缺席的那个世界，

我依然能看到

某人萎靡的背影，

某人远远走在我前边

双手捆住，

沮丧的脑袋暂时还架在脖子上。

某人来日无多

不知通过哪种渠道了解到我的情况，

把我想成上帝，

把我想成魔鬼。

诸帝国

我外婆预言你们的帝国
要完蛋，哦你们这些傻瓜！
她在熨衣服。收音机开着。
大地在我们脚下震颤。

你们的一条好汉在演讲。
"怪东西，"她这么叫他。
人们向怪物欢呼，鸣枪致敬。
"我赤手空拳就能宰了他，"
她向我声称。

没必要。如今他们分分钟
都在毁灭。
"别跟人叨叨这事儿，"
她警告我。
揪揪我耳朵好确认我听懂了。

塔

五六把椅子摞在院子里
你坐在顶端
像动辄判处绞刑的法官，
只穿睡鞋。

麻雀们会怎么想？
如果人们在看，
它们静若金鱼，
或一刀刀昂贵的肉。

一小时又一小时独自呆在天上
呆在它疯狂的晴朗里
在东倒西歪，摇摇欲坠，
已然倾斜的塔上。

邻居们会受到怎样的惊吓。
这么热的天，
没有一个孩子会上街，
没有一辆汽车经过这里，放慢速度。

哦父亲，你看到远方有什么？

一块映射落日之光的窗玻璃？

一场要求回答黑暗之缘由的游戏？

那些玩游戏的像女修院里的跳蚤。

地狱的大钟即将敲响？

特里同①路

在罗马，在那条同名的街上，
顶着烈日，我独自走在
正午的暑热中，看见一间关了
百叶窗的屋子，这情景
刺痛了我，我可能就是
在这儿出生，被人绝望地遗弃。

赭色的墙，破旧的老门
我试图推开但推不动，
已经认出无情的入口，
上边栽了棵棕榈树的花园，
还有左边阴沉沉的楼梯。

紧闭的百叶窗后边是天花板高得
惊人的清凉幽暗的屋子，
到处都有一面湿漉漉的镜子
还有我苍白扭曲的脸，
为了一次次在我面前显露，让我震惊。

---

① 特里同（Triton），希腊神话中的人身鱼尾海神。

我盼着某人悄悄说，

"你在找的已经找到。"

但鬼影都没有，这儿没有，

街上也没有，那诞生了

许多虚假记忆和海神特里同的大街

酷热中一片荒芜。

秘密

我有假条，死神先生，
缺课那天
我妈写的那张过期假条。
那会儿下雪了。我跟她说我头疼
胸口难受。钟响了，
到点了。我躺在我爸床上
假寐。

透过窗户我看见
白雪覆盖了屋顶。脑海里
我骑着一匹马；我在风暴席卷的
大海的一艘船上。然后我睡着了。
等我醒来，屋里静悄悄。
妈妈去哪儿了？
她写了假条然后走了？

我起来找她。
我们的白猫坐在厨房里
撕扯血淋淋的鱼头。
浴缸水满了，
镜子和窗户雾蒙蒙一片模糊。

我把窗上的水汽擦掉，看见我妈

穿着红浴袍和拖鞋

跟街上的一个大兵聊天

雪一直下着，

她把一根手指

贴在嘴唇上，一直贴在那儿。

选自《遛黑猫》（1996）

在疯人院疗养

他们把夜间的露水抹在窗玻璃上。

将军忙着经营脑海里的蚂蚁饲养场。

墓穴里的圣人全都生气除了那个黑头发电影明星的俘虏。

摩西戴了假胡子林肯也戴了。

X 通过讨论天花板的愚昧重演了苏格拉底的问答法。

"他们从我这儿盗走了音乐纸板火柴的秘诀。"

亚当泄露了秘密。

"世上最大的公鸡要让我一鸣惊人，"夏娃说。

哦，在越来越暗的草地上裸奔吧，紧随冰冷的阵雨！

白帐篷里护士把水变成酒。

乌云，快回家。

深夜电话

给你的一顿教训，
全是废话：

你出卖了我们。
你该把自己钉在
十字架上
为了真理……

谁，我？

一个十足的废物，欣慰地，
扫视晚餐桌，
没有任何东西能激发他的热情……
一个无名小卒。

哦，忧愁……

黑暗的窗玻璃上
我极度不安的嘴张开。
惊呆了。
陪审团成员袍服上全都有黑色披肩布。

肯定是玩笑。

伙计们，误会了。

一个错误的数字，真的？

一次疏忽？

一个失误？

埃米莉的老一套

亲爱的树，冰冷的光线中
我再也无法认出你。
你带给我令人回味的东西它对我没用：
这世界老了，一直很老。
今天下午没有任何新鲜事。
这庭园很可能就是我正在
逐项研究的尘土覆盖，玻璃窗上了挂锁，
所有物品套着防尘罩的那家当铺。

我的每一个思想正被无名氏
以鬼笔书写。每当他们敲击
落满蛛网的打字机键盘，我都会哆嗦。
幸运的是，今天天黑得快。
很快邻居们就要烧树叶。
也许还要干点儿别的。
后来，我看见孩子们围着火堆跑，
火光中他们的脸像恶魔。

浮雕宝石上的幽灵

在一部血腥的史诗里我扮演一个
没台词的小角色。我是空袭时
逃亡人群中的一个。
远远地，我们的伟大领袖
在阳台上夸夸其谈像只公鸡，
没准那是一个了不起的演员
在扮演我们的伟大领袖？

我就在那儿，我跟孩子们说。
我挤在一个举起
打了绷带的双手的男人
和一个张开嘴巴
像要让我们看看她那颗牙坏得多厉害

的老太婆之间。我无数次
回放录像带，但在
与所有灰色人海一模一样
的无边灰色人海里，
他们一次也没看到我。

快上床，最后我说。

我知道我就在那儿。一个他们

都喜欢的镜头。

我们逃，飞机擦着我们脑袋掠过，

然后他们死了

我们身陷燃烧的城市，头晕目眩，

当然，他们没把这些拍进去。

吉卜赛人跟我祖母预言未来那时她还是个姑娘

战争，疾病和饥馑会把你变成他们钟爱的孙女。

你会像个盲人在看无声电影。

你会切开洋葱和你的心

扔进同一只加热的长柄煎锅。

你的孩子们会睡在绳子捆住的箱子里。

你丈夫会夜夜亲吻你的乳房仿佛它们是两块墓碑。

为了你和你家人那群乌鸦已经在打扮自己。

你大儿子会躺下嘴上盯了几只苍蝇

不笑也不抬手。

你会羡慕你遇到的每一只蚂蚁

和路边的每一根野草。

你的肉身和灵魂会坐在各自的门廊上

嚼着同一块口香糖。

小美人儿，你卖吗？恶魔会冲你嚷嚷。

殡仪员会给你孙子买玩具。

大黄蜂会在你脑海里筑巢哪怕你躺在临终的床上。

你会向上帝祈祷而上帝会挂一个请勿打扰的招牌。

别问了，我只知道这些。

仪表学堂

加布里埃尔夫人，你真是法国人？
那沉甸甸的是些什么书
你让她们稳稳地顶在头上？
我们看见这些心怀秘密抱负的
年轻女人在圭多理发店上边
大屋里一扇扇窗户旁穿梭。

同一楼层还有一位来历不明者的办公室
每周他都鼓吹血腥的革命。
男人们竖起衣领，东张西望
进进出出。密谋时
他们唾星横飞，拉下黄色遮光帘，
不到暑热涌来，或你那些学生

穿着裸肩衣服头顶书本
招摇过市，他们不会
拉起帘子打开窗户，
而理发店里坐着那位秃头顾客
正在冒汗，低头瞥见镜中
仅剩的三根头毛被人小心翼翼梳着。

几个亡魂

这是布朗先生这会儿显得比他在
陈尸所时好多了。
他用血迹斑斑的报纸
包了条大鲤鱼带给我。
这次来访真奇怪。
我已经好多年没想到他了。

琳达陪着他，苏也陪着他。
两个苍白，优雅，记忆中褪色的人
相互搀扶。
口红甚至是刚抹的
尽管所有科学依据
都意味着恰恰相反。

琳达要去烧鱼？
她转身，盯着厨房
的方位而苏
一直悲痛地望着我。
我根本不信这些事儿，
但还是吓得僵在那里。

我知道无法回应，

所以什么也没做。

窗户都开着。空气浑浊

夹杂木兰花的气息。

夜雨从阴沉沉沉甸甸的叶子上

一滴滴滴下来。

我做了个深呼吸；闭上眼睛。

亲爱的亡灵，我甚至不相信

你们在这儿，所以你们

要让我明白我宁愿

不明白的事，究竟怎么回事？

你们就那样越过我目不转睛

盯着那肯定已成为我自己鬼魂的东西，

在你们像进来时一样

猝然离开之前

我们谁也没有打破沉默。

郊游野餐

太太们
露出共守
秘密的神情。
她们目光低垂
问她们
为什么
她们只是彼此看看
笑，
弄得我们更想
知道……

很久以前她们做过的
什么事，
没留意后果，
结果留下
绵延不去的甜蜜？

这就是她们那样
在夏天的热气中
手心托着下巴
闭上眼睛

的原因？

告诉我们，
给点提示也行。
让我们从一个字眼
哪怕溅在桌上的
酒里泡着的一个字母中探寻。

都不做声。她们两位
多情的
脸上是苍白
的阳光和夜间的
轻风。

丈夫们喝酒
一声不吭。
茫然，迷惑，因为他们
的妻子有力量
赐予
和拿走幸福，
仿佛她们的脑袋
正和蛇一起爬行。

血橙

天太黑也许快到世界末日了。

我相信就要下雨。

公园里一只只鸟安静下来。

一切都不是看上去那么回事，

我们也不是。

我们街上有一棵巨树

大家都可以躲进绿荫。

我们根本用不着衣服。

我感到老得像蟑螂，你说。

而在我脑海里，我是鬼船上的一名乘客。

此刻外边听不到一声叹息。

如果有个孩子被人遗弃在我们门前台阶上，

他一定睡着了。

万物在万物边缘踉跄

脸上挂着礼貌的微笑。

这是因为有些事

根本就没办法，你说。

就在这时，我听见血橙

从桌上滚下砰的一声

砸在地上，裂开了。

赫拉克利特的朋友们

你那死去的朋友，你和他
在一条条街上漫游，
从头到尾，都在谈哲学。
所以，今天你独自溜达，
经常与想象中的同伴停下来换地方，
还就有关现象的主题
反驳自己：
当悲伤和忧愁湮没我们，
我们在想象中看到的世界
与日常所见的世界，
太难分别。

从前你俩经常这样被吸引过去，
发现自己置身于古怪的街区
夹在不善的一伙中迷失了方向，
只好问路
这时你们恰恰处于觉悟的关键时刻，
向老太婆或小孩
反复问
很可能他们都是又聋又瞎。

踩到屠夫的猫时

你试图想起的

是赫拉克利特的哪个断片？

这时，你本人正迷失在

某人丢在人行道上的

崭新黑鞋

和看见一位花枝招展

要去参加夜间舞会

踩着四轮溜冰鞋飞速滑行的

姑娘时心头猝然涌起的

恐惧和兴奋之间。

选自《稻草人》（1999）

凌晨三点的笑声

谁把录音里的笑声

放进我受难那一幕？

上帝有许多新娘

在印度，我对庙里
一只苍蝇大感
兴趣，它分明给我一种感觉
很有可能，极有可能，
前世我们见过。

是在墨西哥城？
在十字架上基督血迹
斑斑的黄腿上爬
这时他的眼睛越瞪越大。
"愿上帝把你放在他肉眼看不见的王国的
至高王冠上，"
一位瞎乞丐用英语对我说。
他明白我看到什么。

在潘丘·维拉举起左轮手枪
朝天花板开火的沙龙里，
叮在画中跨出湖水的
裸体宁芙的光屁股上，
现在又不知羞耻向上爬进
菩萨的鼻孔，

他的笑容变得更隐秘，

眼睛斜视得更厉害。

性书

每本书每一页都是空白。
城里图书馆，这些深夜读者
对此毫无怨言。

他们孤独地抬头
请示禁止喧哗的牌子，
才敢舔舔手指，
当他们小心翼翼
捏住一角
一页一页翻过去，
看着那么羞怯，似乎要睡着。

在光线的黄色泥潭里，
在投出绿影的灯下，
摊开在我光裸的双臂间
巨型天文图集中的星图
一片空白。

借阅柜台后边，年轻的猎户座
在抹口红
用我汗津津的额头当镜子。

她游动的舌头

夜空中拖着长尾巴的彗星。

木乃伊的诅咒

跟一位古怪的年轻女人交朋友，
她一个人住那间僻静的维多利亚式房子。
夜雨中她长时间散步，
我也一样，头上落满枯叶。

前世她是一名歌剧艺人。
她还记得富裕的那不勒斯人用面粉做的蛋糕，
指指残留嘴角的新鲜攒奶油，
跟我说有一次在印度某地
她拖着木十字架横穿麻风城。

轮到我泄露秘密了，我生在哥本哈根。
我爸是成功的殡葬从业者。
我妈整天把脸贴在书上。
阿瑟·叔本华毁了我们快乐的家。
从那时起，没有一天我不把
上了膛的左轮手枪顶在自己嘴里。

她走到我前边去了她已转过
身来像个驯狮员，手里扬着一根鞭子。
幸运的是，就在这时，那木乃伊踩着

自行车带上某人订购的披萨全速前进
一边诅咒大雾和坑坑洼洼的路面。

让天空现出轮廓的监狱看守

我从未想到他们。岁月已逝。
许多年。我有太多别的事情
要操心。今天我坐在牙医的椅子上
这时他的新助手进来
当我乖乖张开嘴巴
她假装根本不想认出我。

我们在河岸灌木丛里亲热，
我想让她脱掉胸罩。
天色正暗下来，当她终于脱掉
已经有闪电，第一颗大雨点
打湿她褐色的乳头。

那会儿她对我比此刻对我的口腔好得多，
我疼得缩起来，等她对我眨眨眼，
这时我想到我俩系好衣服纽扣
浑身湿透跑过武装看守的州立监狱
监控塔上他们的身影让天空现出轮廓——
忍不住笑出声来。

为耽于幻想者而设的学校

老师闭眼坐着。

你下一个人的国际象棋总是你走棋。

我在最后一排手心捧着一只萤火虫。

红辫子姑娘，谁看见红辫子姑娘？

你相信某些事比真相更真实？

即便你肯定知道没人过来却还是要竖起耳朵？

所以你额头上有了几道皱纹？

你那隐身的朋友，她怎么啦？

蓦地一阵风溜进车站偷听。

关禁闭者打开膝盖上的大字典。

地面冰凉而他光脚。

众神用来吧嗒嘴儿的小玩意儿，是他？

是你一遍遍盯着每一扇黑漆漆的玻璃窗

仿佛它是你那不苟言笑的双亲的照片？

你想纸牌屋想得不行？

夜半可怜的咳嗽，是你？

悄悄占领

你是被残害者的上帝，
他钉在监狱地牢的十字架上
流血
监狱上方，天已破晓。

你检查酷刑的最新
改进。你甚至惊讶得
跪下。他们精通
他们的交易，这些无情的家伙

他们的妻子母亲起床
去赶早弥撒。你，你本人
在他们发现你在腾空的
十字架上的合法位置之前，

必须赶紧穿过飞雪回去。
在你可怕的缺席中
在隐秘地受到推崇的穹顶下
稀稀落落的烛焰燃得更高了。

神秘生活

绵延一生孤单的线

给查尔斯·赖特

就像暗中垂钓，

如果你问我：

我们的思想是鱼钩，

我们的心是生肉诱饵。

我们越过头顶抛出鱼线，

越过所有信徒，

抛至不见星光的茫茫黑夜，

直到不见踪影。

这鱼线无止境的散开

在我们喉咙里升起犹如一声叹息

悲叹漫长白昼的疲惫，

反省和白日梦。

渺小的思想反对

不可思议的上帝。

怎样？

狂人先生暗中垂钓
伸到戴了黑纱的空袖子
外边。

苍蝇和蜘蛛在天花板上
旁观，兄弟。

在捉迷藏的高中

烟雾缭绕满是
镜子的大教室里，
我们是一对儿笨瓜
在最暗的角落
罚站。

据那位没有形象
的人说，
我们的命
在那儿闪光
好像被他那些话打湿了。

◇

时不时地
它咬一小口。

你别信。

它让一阵寒战穿透我们的脊椎，
作为回应。

它干得猛。

你屋里有一扇门半敞着，
之前你从未留意。

你别骗自己。

那歌中唱道：没有我的
命令，不许乱动。

当然，听你的。

在此期间，

戴上浅色

眼镜去睡觉。

祈祷时说：

既然你已经在找我，

你就已经找到我。

所以今夜所有树叶

都翻过来。

孤单的垂钓者

排着队像无数个零——

无穷无尽。

躺在阴影里

沉思那个苦涩的动词

—— "活着"。

细浪翻涌的深渊

包围了他们。

神秘和悲悯

就在其中。

◇

遗弃的鱼钩悬在
伟大的"虚无"里，
肯定是被某某某某
修胡子的
剪刀剪断……

而鱼竿高处，

的确是白衬衣下摆——

老天呀！

玩具娃娃的脑袋

你是谁的恶魔，
谁的神？我问
半埋在沙土里
上了彩的嘴巴。

一只孵蛋的鸥鸟
做了简短的评价，
踮着脚走开
一边冲自己点点头。

黄昏一两只萤火虫
熄灭闪亮的眼睛。
后来，接近午夜，
我甚至听见老鼠的声音。

选自《午夜郊游》（2001）

往昔疗法

他们告诉我纽约罗切斯特

妇产科病房地板上染血的绷带怎么回事，

他们治好我的背痛我已经可以向老校长鞠躬，

他们改掉我往床铺四周按图钉的毛病。

他们给我看马背上一名军官

挥舞军刀几乎是一座燃烧的农场住房

一个穿睡衣的赤脚妇女

跟在他身后扔石头管他叫魔王。

我是个穿补丁工装裤的男孩脑袋像乱草。

天黑时小鸡会到我头发里过夜。

有些干脆在我头上下蛋在我演奏尤克里里琴的时候

我爸我妈在胸前画十字。

接着我看见自己在一个废弃的加油站

用一艘破船造宇宙飞船，

红色的锥形交通路标，水泥搅拌机和保暖耳套，

一位女教徒见我只穿内衣当场昏厥。

有时，他们打开一扇又一扇通往不同房间的门，

却无论如何找不到我。

偶尔会有微弱的吱吱叫，

仿佛一位矿工的金丝雀，被老鼠夹捕获。

那些坏床

他们喜欢阴暗的房间，
剥落的墙纸，
天花板上的裂缝，
枕头上的苍蝇。

如果你打算躺下，
别吃惊，
你不会介意脏被单，
还有你把自己安顿得舒舒服服时
生锈的弹簧发出的刺耳声音。

这房间是熄灯的影院
颗粒粗糙的
黑白片正在放映。

模模糊糊脱光衣服的躯体
做爱后有那么一会儿感觉到
甜蜜的微痛，
这时最平庸的心灵
也相信
幸福可以地久天长。

珠宝商大街

几百扇窗户中的
每一扇拿今天早晨
熔化的黄金做什么，
真是没法想象。

我干起来像个前途无量的贼，
注意到那些敞开的窗户，
窗帘被我恰好没看到的
赤条条的某人
拉到一边。

此时无人经过这里，
他轻手轻脚，
为的是在暮色中
称那一粒粒金粉时
不要碰倒天平。

令人担心的家伙

我空想不存在的东西，一败涂地。
总有什么过来粘着我形影不离。
桌上爬过的小臭虫，
对母亲的回忆，耳中的铃声。
我心烦意乱，不知所措。
对某些人来说困境永远是困境。

今天早晨，大约七点，一个孤单的乞丐
和他孱弱的小狗等着我施舍，
小狗看着我，眼睛瞪大了。
这双眼睛说，这是个好人，
对他来说广阔世界（尽管是幻象）
没一样东西神圣。

那会儿我是刚开始在面包店干活的苦恼的废物，
一位穿低领紧身黑衣的陌生女子
跑过来等着我为城里的晚会穿上礼服。
她的脸一本正经，她的眼躲躲闪闪，
她把一块松饼放在我手里，
好像永远知道我在想什么。

樱桃开花的时节

骗人药物的兜售者和云集国会大厦
台阶的顾客，他们一清二楚的期望
与春雨过后街头下水道阴暗的污水一起
汩汩冒出。

国家画廊里圣人受苦的面孔
突然有了意义。
当我跨过闪光的木条镶花
他们中的几位把目光转向我。

对不起，我是谁？我是什么？
一个爱抱怨的外省小人物在休假，
双手背后握着
见谁都点头

仿佛这是 50 年代《罗马帝国衰亡史》的电影布景，
而陷入迷惑的我们
在一簇簇粉红樱桃花中
穿得荒唐，不务正业。

然后我想

我不过是临街开店的牙医
夜半三更拔黑牙。

病人吐一口血，说，
大夫啊，我琢磨过许多苦涩的真理，

依然萎靡不振，满头灰白
散发着我这类怂包的臭味。

当然，也许这儿只有我自己，
我上演的这一幕不过是镜子的把戏。

就连他留在出口处的几张
皱巴巴的钞票，我也不信。

我可能会用湿乎乎的钳子夹起它们
数数，也可能根本不会。

我父亲认为不朽属于侍者

致德里克·沃尔科特

没错，要明白像我们一样偶尔光临
苍白如桌布在许多桌子中挑一张坐下
的顾客的虚幻性
毫无困难。

营业时间延长或缩短
对这二位毫无影响。
他们面向大街并肩而立，
白夹克一模一样，脸上是不变的微笑，

随时准备恭迎我们中的某人
在这条许多人蜷着身子
竖起衣领走动的大街上
领教了高价菜单后选中这里。

列车上所见

那会儿有一种美学谬论
认为别人的悲剧
会冲击那种怀着
幸福感情的碰巧看见的目击者。

视野里出现擅自占屋者的棚屋，
光屁股的孩子和一群瘦狗
在垃圾堆般的东西上奔跑，
最小的孩子拄着拐杖跟在后面单腿跳。

刹那间我们进了隧道。
车轮反反复复把我们的思想
抛到地上仿佛它们是沙子
很快我们发现自己到了海滩，
水是蓝的，天上无云。

海边别墅，棕榈，白沙；
一个穿红比基尼的女人向我们挥手
似乎跟我们每个人都是老熟人
并且很遗憾看着我们
飞快地冲进另一条隧道。

午夜郊游

这深邃无边，不见星星的天空——
我们每一种阴暗思想的家园——
它的门朝向更多的黑暗敞开。
而你，像新来的上门推销的业务员，
唯有自己的心跳
在你伸出的手里。

万物被上帝的存在充满——
（她压低声音说
仿佛他的鬼魂可以偷听我们）
阴森森的森林围住我们，
我们的脸，我们正在吃的
这块面包，我们看不见。

你慢慢喝着红葡萄酒
反复思考你那无穷无尽
无意义的各种细节。
随后而至的寂静中，你会听见
她用小尖牙咬面包皮——
然后，把嘴舔湿。

汽车墓园

我们的兜风到此为止：
老爹们负责驾驶，老妈们
膝盖上放着野餐篮子，
我们在后座，张大嘴巴。

我们向着日出疾驶。
乡村平坦。一座城市在眼前耸起，
一扇扇窗户与落日一同燃烧。
当我们离开公路向下驶入满是
啤酒罐和糖纸的黯黑草地
那一切消失不见，
直到我们开到附近有辆老福特的车站。

先是收音机里传道士嗓子哑了，
接着四个轮胎瘪了。
我们想保持安静，
这时弹簧冲出来
像受惊的响尾蛇。
那天深夜我们听见散了架的
棺材传来咯咯傻笑——接下来直到
复活节一辆汽车都没有。

炼金术士的生活

艰辛的劳动将劳动者吞没，
再现身已截然不同：
恋爱中年轻女人的枕头，
伪装成蜘蛛的棉球。

阴沉沉无趣的乡村雨夜
翻阅高手就如何将虚构的
时间擢升为永恒提供意见的杰作。
他们中的一位忠告，真正的大师
必用百年完善技艺。

在此期间，神秘的小煎锅，
从房间飘到空房间的橄榄油
和大蒜的气味，黑母猫
在你的光腿上蹭

这时你拖着脚走向远处的灯光
和厨房里叮叮当当的玻璃器皿。

图书在版编目(CIP)数据

　严酷地带:查尔斯·西密克诗选/(美)西密克著;杨子译.--上海:
华东师范大学出版社,2019
　ISBN 978-7-5675-8740-3

　Ⅰ.①严… Ⅱ.①西… ②杨… Ⅲ.①诗集—美国—现代
Ⅳ.①I712.25

　中国版本图书馆 CIP 数据核字(2019)第 024266 号

华东师范大学出版社六点分社
企划人 倪为国

严酷地带:查尔斯·西密克诗选

著　　者　〔美〕查尔斯·西密克
译　　者　杨　子
责任编辑　古　冈
封面设计　蒋　浩

出版发行　华东师范大学出版社
社　　址　上海市中山北路 3663 号　邮编　200062
网　　址　www. ecnupress. com. cn
电　　话　021 - 60821666　行政传真　021 - 62572105
客服电话　021 - 62865537　门市(邮购)电话　021 - 62869887
地　　址　上海市中山北路 3663 号华东师范大学校内先锋路口
网　　店　http://hdsdcbs. tmall. com

印　刷　者　上海盛隆印务有限公司
开　　本　890×1240　1/32
插　　页　4
印　　张　11.75
字　　数　220 千字
版　　次　2019 年 6 月第 1 版
印　　次　2019 年 6 月第 1 次
书　　号　ISBN 978-7-5675-8740-3/I · 2004
定　　价　78.00 元

出　版　人　王　焰

(如发现本版图书有印订质量问题,请寄回本社客服中心调换或电话 021 - 62865537 联系)